艾玛和小奥的情商故事

团队合作

［意］斯特法妮娅·安德烈奥利　著

［意］伊拉里亚·法乔利

［意］伊曼纽尔·吉波尼　绘

周洋　译

中国水利水电出版社
www.waterpub.com.cn

·北京·

亲爱的小读者们：

当你用一只手以最舒服的姿势握着这本书时，请允许我拉住你的另一只手，陪你进入等待你的书页中……就是这样，他们等的就是你！

在这里，你会找到一个故事（毕竟，这是一本书啊！）。而这个故事很可能发生在你或是在你这个年龄段的任何小朋友身上。请享受这个故事：到目前为止，我相信你知道你要做什么。

但是当你阅读的时候，最特别的就是你会遇到小错小姐和小错先生，他们有许多事情要告诉你，还有许多游戏和练习可以让你充满个性地体验这本书：这是一本关于创造力的书，也就是没有限制你的思维方式，也没有限制你实现想法的方式。大人们称之为"横向思维"。

你会发现创造力可以帮助你解决很多问题。

——斯特法妮娅·安德烈奥利

亲爱的家长们：

您把这本书送给了一个才华横溢的人！

我为什么会知道？很简单：因为所有的孩子都是！但有时候，我们大人会错误地认为，教育孩子就是把他们培养成我们想要的样子。对孩子身上与生俱来的美好和纯真，我们假装视而不见。更要命的是，似乎……我们不允许他们走弯路，不允许他们有犯错的余地。

这是多么错误的做法啊！鉴于此，我们写了这样的一套书。希望孩子成长路上的绊脚石成为珍贵的宝石，一次次挫折成为滋养他们的土壤，磨砺出他们自我解决问题的本领。

事实上，我相信，在生活中，您也会有犯错的时候，不是吗？毕竟，人非圣贤，孰能无过，我们大人也是在错误中学习的。

让您的孩子按他喜欢的方式阅读本书吧。然后过段时间，问问他是否愿意和您一起共读。

——斯特法妮娅·安德烈奥利

一个优秀的领导

　　十月到了，这天早上天气很暖和，艾玛和小奥一起走着去上学。今天对小奥来说是一个重要的日子，他们班要开始一年一度最重要的科学研究了，每个小组除了像科研团队一样进行调研外，还会把研究成果在全班面前进行展示。

　　太令人兴奋了，小奥也确实很激动！

是什么让你在学习和生活中感到自己有才华呢？
写下你的才华配方，说明成分是什么（学习、练习、运气……）
以及所占的比例（例如：多、少量、很多）。

我的才华配方

成分

- ....
- ....
- ....
- ....
- ....
- ....

　　"你知不知道每次有小组合作的时候，我觉得自己似乎更厉害了？"当他们正在快速爬楼梯去教室的时候，小奥向他的朋友说道。

　　"我相信你说的话，因为这样的事儿也在我身上发生过！"艾玛点头回答。

　　"不知道这次我会不会被任命为组长……"小奥几乎在自言自语了。

他喜欢团队合作的一切。教室里的桌椅会以灵活的方式重新摆放，同学们也不再是直挺挺地坐在自己的座位上，而是这里一群、那里一伙，大家围坐在一起，自由地讨论。总之，课堂的布置发生了天翻地覆的变化，在一起学习的方式也发生了彻底的改变。大家可以更好地面对面交流，并自由地交流想法，而不会受到责骂，小奥在这样的环境下感觉真的很自在！

小错小姐建议你

如果你在家里遇到了一道难解的题目，或是一项艰巨的任务，在感到气馁之前，你可以尝试先改变一下空间：整理你的书桌，从书桌前坐到客厅舒适的扶手椅里，在桌上放一盆花、一张你喜欢的照片或者是一本你喜欢的书。当你周围的环境发生变化时，你的心情也会随之发生变化！

我理想中的学校

你知道有在树林里上课的学校吗！？或是没有长凳也没有……成绩的学校！？
展开想象的翅膀，在这里画下你理想中的学校。

➥

现在想想你的学校：有哪些不同之处？

当小奥走进教室时，老师正在告诉同学们怎么摆放桌椅。等桌椅被摆放好之后，每个人都怀着激动忐忑的心情等老师公布名单：大家终于要知道谁是组长了！

"贝阿特丽丝、伊莉雅、雷奥……"小奥听到他的名字被大声念出来了，之后发生了什么，他就完全不记得了！

"小奥，你真棒！我真的特别高兴你是组长。"保罗与小奥边击掌边说。

"好样的！小奥！祝你好运！"弗兰切斯科接着说。

"也祝我们好运！"安娜逗小奥说。

　　小奥被同学们的祝贺分散了注意力，他几乎听不到老师讲话的结尾："……组长要协调同学们的任务，还要负责作品的展示，当遇到问题时组长要带头决定如何处理。"

　　但小奥此时已经在考虑什么时候告诉艾玛和父母这个好消息了。

小错先生建议你

当你被选为组长的时候，你可能会感到既开心又有点儿激动：这是完全正常的！为了和这些情绪友好共处，你可以试着这样想，如果教练、老师或父母委托你做一些重要的事情，那是因为他们信任你！

一个好队长

被选为一个角色或是担任一项任务是一件重要的事情！
使用这个特殊的词汇表，找出成为一名优秀队长（团队的、项目的、游戏的……）所需要的特征。

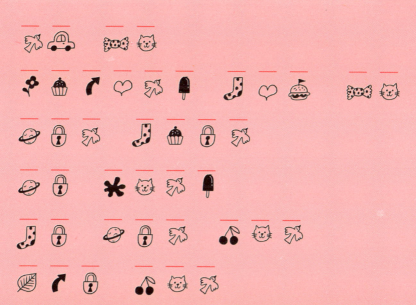

　　事实上，小奥把这个消息告诉的第一个人是他的爷爷，今天是他来校门口接小奥和艾玛的。在回家的路上，小奥激动地告诉了他这个消息。爷爷问了小奥很多关于成为队长的含义的问题：他感觉到了小奥的喜悦，也想知道为什么对小奥来说，成为组长这么重要。

　　"也就是说，你会指挥你的同学们？"爷爷问小奥，小奥爷爷年轻的时候当过兵。

　　"就是这样的！组长就是另一种形式的指挥官。"小奥想了想说。

"嗯，差不多吧……"艾玛说。

"艾玛，你当过组长吗？"小奥问她。

"是的，去年在历史小组里我当过组长，真的不是一件容易的事啊！"小女孩承认道。

"嗯，那么，作为你们的组长，我决定……请大家吃好吃的冰激凌！"当快走到他们最喜欢的地方时，爷爷笑着说。

你觉得为什么艾玛说她当组长的过程并不是很容易呢？
想象一下她当组长的经历是什么样的，试着对着镜子，或者对某个人讲讲。
你可以随心所欲地创作故事，重要的是故事要包含两个元素：
艾玛在组织活动时遇到的困难，以及她最终面对问题和解决问题的方式！

小奥终于等到了晚餐时刻，在全家人面前他迫不及待地宣布："今年我是科学项目小组的组长之一，今天早上老师说的。"

"这真是个好消息！那你们要做什么科学研究呢？"小奥妈妈好奇地问。

"是关于生态系统的项目！"

"听起来很有趣！不知道你们会有多少好点子，那你们具体要做些什么工作呢？"爸爸问。

小奥愣住了，他大脑里一片空白，完全不记得老师说过什么了。

你有过大脑空白的时候吗？
当你分神的时候，你会想些什么事呢？

在这儿写下来或是画下来。

他集中注意力，努力去回忆老师说过的话，但是他什么都不记得了。

"我想我错过了一些片段……"小奥承认。

"你们什么时候开始工作？"

"明天下午。"小奥担心地回答。

"那么你可以在开始之前，问问老师可不可以再给你解释你不明白的地方。"小奥妈妈安慰他道。

妈妈的建议让他感觉好多了，所以小奥的食欲又回来了，继续吃起了晚饭。

小错小姐的解释

有时，让别人向我们解释我们不明白的事情，会让我们感到不舒服。但是请记住：提问题始终是智慧的标志！

错误的开始

　　第二天，老师向全班总结说，科学项目的任务是对生态系统进行研究：一组研究海洋，一组研究河流，另一组关注湖泊，最后一组研究池塘。

　　小奥是负责池塘生态系统研究组的组长。

　　"很好，我喜欢池塘。"小奥想。

他很高兴知道了之前他没有听到的部分。

他现在只留下了一个疑问：组长具体应该做些什么呢？他不想在全班同学面前丢脸，所以他走向讲台，悄悄地问老师，尽量不让别人听到。

"组长有个任务，就是带领自己的队伍做到最好！"老师向他解释。

你在第 11 页的练习中已经发现了一些定义领导者的词，现在试着想想你是否记得其中一个词并尝试在这里描述它。

领导的能力是什么?

但这个回答对小奥来说有些模糊："是的，这个我知道，但是我具体应该做些什么呢？"他坚持问道，他想知道具体的方法。

"为达到这个目标并不是只有一个方法，你会找到适合你们小组的方法的。现在，你已经很了解你的伙伴了，你们是第四组，试着想想怎么去组织你们的工作。每个人都会贡献自己的一份力，而你的任务是带领小组走向胜利的终点。"

小奥没有时间问更多的问题了，现在所有人都坐好了。小奥边走向自己的位置边想："还不错，组长听起来不用做什么特别难的事儿，具体工作都是其他人做！"

小错小姐的解释

一个人要是任职于重要的职位，人们经常用"领导"这个词来称呼他，意思就是一个部门的头儿！

对你来说，一个组长

☐ 1. 像他人一样工作

☐ 2. 比别人做得多

☐ 3. 比别人做得少

在你的回答前打个对勾，
然后说说你选择的原因。

....

....

....

....

....

准备好了吗？开始！

小奥站在组员面前，组员们都在认真地听着，首先，他解释了他们要做些什么："就像你们知道的，我们要研究池塘。我们要做一个漂亮的画报：艾蕾娜由你来设计，而艾多来涂色。每幅画都要有标题：弗兰切斯科，你来搜集相关信息，保罗把它们写下来。安娜要仔细地读一遍所有的内容，寻找错误。我会检查每个人的工作，哪里有需要，我就会帮忙。我会确保所有任务都在老师要求的截止日期之前完成。"

小奥非常满意地坐下了：他做了个非常不错的演讲，还清晰地分配了所有的任务。最棒的组长做了最棒的工作！可是，怎么所有人都这么安静呢？怎么没有掌声呢？

一个全新的视角

想象一下你是小奥小组的组员之一。重新读一下他的发言，感觉就像他在给你分配任务。你会喜欢这样的发言方式吗？选择你的回答。然后读一读下面相对应的解释。

一点儿都不

还可以

非常喜欢

在这里写下你
选择的原因

一点儿都不

很可能你是一个活跃的，乐于积极参与的人，不会被动地听从命令：注意一下你的固执，但同时……恭喜！你很有能力！

还可以

你可能喜欢被经验丰富的人指导，但不接受武断的命令。不要过于极端，一切都会变得更好！

非常喜欢

也许你倾向按照别人告诉你的方式行事，而不是展示你自己或提出不同的想法。提示：当你有不同意见时，你也可以尝试说"不！"

　　一瞬间组员都有些无语。他们期待着大家先一起讨论，以便于可以一起决定做什么，或许还能投票来决定怎么展示他们的成果。他们马上向小奥进行了抗议。

　　"我最不喜欢画画了！"艾蕾娜首先开始抱怨。

　　"我要誊抄画报？但是我写字很丑！"保罗说。

　　"而我，你给了我最难的部分，这不公平！"弗兰切斯科说。

有什么事情是你最不喜欢做的?

在这里写下来。

....

....

现在尝试找找关于这件事积极的一面。

....

....

小奥突然感觉到胃疼,比篮球比赛的时候还要严重。

怎么会这样呢?老师跟他说过要寻找自己的风格,并不仅仅只有一个方法可以达到目标……他试着用清晰、精准的方法来组织工作,而现在他发现自己的方法根本不可行!

小错小姐的解释

你听过"全权委托"这个词吗?
这意味着你可以自由地做自己想做的事。
的确是一个绝妙的机会,但是你要好好想想……
这会使你更难决定要去做什么,要怎么行动!

这一页留给你发挥，
你可以自由地选择你想要添加的内容。

尽管大家都在抱怨，小奥还是鼓励大家开始工作，即使他是第一个对要具体做些什么摸不着头脑的人。

　　他担心地看着他的伙伴，他们正在试着去完成他刚刚下达的任务。

　　安娜是唯一一个感到高兴的，她觉得给别人挑错很有意思，但后来她发现这并不好做，而且还有些无聊。

　　保罗的字迹根本无法辨认，他写的东西谁也读不懂。

　　艾蕾娜在试着画一只小鸭（其实看起来更像一只小鹰）。

　　但是看起来最手足无措的是弗兰切斯科：他正在不情愿地翻阅一本旧的百科词典，来寻找用于画报的资料。小奥呢，因为无所事事，已经闭上眼睛，打了好几次盹儿……不，肯定有什么事情不对劲！小奥迫不及待地想要找艾玛商量：她当过组长，肯定能给他一些建议。

你会给小奥
什么建议呢?

我应该怎样解决现在的处境呢?

小错先生的解释

提建议意味着想象如果你是对方,
你会怎么做。这是一个想象的练习。
当然,你会发现这不像你想的那么容易……

27

那天晚上，在家里，小奥的妈妈刚下班回家，就看到在厨房里，儿子和艾玛在讨论在学校里发生的事情，小奥因为组员的评价而感到很沮丧。

小奥妈妈听到他们在说小组、角色以及任务。

你会跟谁分享你的快乐和忧愁呢？
亲手做个小礼物
（一张装饰过的卡片、一件小小的艺术作品、
一张书签……尽情发挥你的想象力！）
然后送给对方表达你的感谢。

小错小姐的解释

如果在你需要倾诉的时候，总有一个人
愿意倾听，那么你就拥有了一个宝藏！

艾玛说:"我很喜欢大家在一起讨论的时候,每个人都说出自己的点子,然后组长总结这些提议。"

小奥脱口而出道:"但是这也太复杂了!怎么做才能把所有的建议整合在一起啊?每一个人都有不同的点子,而且或许有的人的建议根本不切实际。如果我是组长,应该是由我来做决定。我是组长啊,难道不是吗?"

没有安全感

小错先生的解释

有些人只会指挥别人而自己什么也不做,
因为他们很强大也对自己很有信心,
但是最根本的原因却与这个正相反,
因为他们感到不自信,没有安全感。

"我跟你说过，当组长一点儿都不简单，但是也不是像你说的那样——你现在只是在想怎么去指挥你的组员们……"

　　就在这时，小奥妈妈决定加入到他们的讨论中。

　　"事实上，你们两个人说得都有道理。小组工作一点儿都不简单，我每天都感觉如此！但是你们时刻要记住：是大家一起完成目标。刚开始，你很茫然，不知道要去做什么，因为每个人都有自己的特长和主意，需要一个最优的方式把他们整合到一起，要将所有的努力集合到一起。对我来说，组长就像你们合唱团的音乐老师：每个人都有自己要负责的声部，但是她能够做到让大家唱得很和谐。"

"所以不是应该由我来告诉他们要做什么吗？"小奥疑惑地问。

"不完全是。如果你那样做了，你就会在组里占据太多的发挥空间，而其他人的空间又太少了。你面临的挑战是能够为组里所有的组员（包括你自己）提供空间。否则，没有参与感，大家会很快失去热情的。"小奥妈妈解释道。

每个人都该拥有空间

在这里画下其他五个孩子让小奥的组员完整。但请记住：每个人都必须和小奥一样大！你能做到吗？

发现什么不对劲了吗？在这幅画中，就正好缺了组长！加上小奥，让他跟别人一样大。你能做到吗？

这两次尝试可能没有奏效。

在你看来，这是为什么呢？

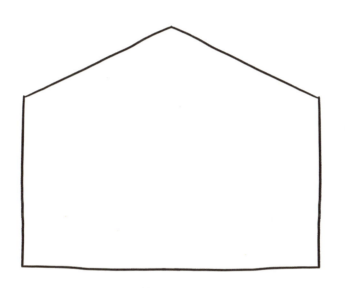

现在轮到你来展示小奥小组里的六个人：

他们应该一样大，而且没有人能侵占别人的空间，

让大家都能各抒已见。

小错先生的解释

一个优秀的领导（组长、队长或是班长）会尽可能地
顾及所有人的想法。有些想法很天才，也许
出自某个从未发过言的人……总之，一切皆有可能！

33

小奥安静地听着妈妈的话：他不应该独自决定一切，听听其他组员的想法可能会让他感觉更好一些。但他还是不知道应该做些什么，所以当天晚上，在上床睡觉之前，小奥又去找妈妈谈心。

"妈妈，根据您的说法，我应该跟我的组员说些什么呢？"

小奥需要把这六块石头从 A 点移动到 B 点。但是他一次只能拿一块。

他应该怎么做？

你来帮帮小奥！

A 点　　　　　　　　　　B 点

参考答案：有很多可行的办法。但接受他们一些正确的意见，小奥需要尊重其他组员的帮助。

"我不知道，小奥，因为我不是你，但是我可以告诉你我会怎么做。对我来说，与其向他们发号施令，不如听听大家的想法，让大家畅所欲言，谈谈自己对这项任务的看法，以及他们想要做的部分。条条大路通罗马。不必拘泥于条条框框，大家可以自由地选择，允许大家发挥自己的创造力。现在，你该睡觉了，让你的大脑休息休息，这样就会有很多好点子光顾你。晚安！"

小错先生的解释

并不能总是由他人告诉我们，应该做什么，以及应该怎么做：成长也意味着独自承担犯错的风险。

你有多少创造力？

回答下面的五个问题，记下你选择的最多的字母。

然后在下一页读一读相应的解释，看看你有多少创造力。

1 数学考试的练习题对你来说太难了。你会：

- A 垂头丧气。
- B 跳过这道题，先去做剩下的练习题。
- C 努力去面对它。

2 你最好的朋友的生日要到了。你会：

- A 迫不及待地去参加他的生日聚会。
- B 偷偷地给他亲手准备一份礼物。
- C 问父母能不能帮你买一份礼物。

3 在一个下雨的下午，你很无聊，你不知道要做什么。你会：

- A 心情很糟糕。
- B 发明一个想象的游戏，然后自己玩得很开心。
- C 问你的父母能不能邀请一个朋友来家里做客。

4 你和一个朋友吵架了。你会：

- A 装作什么事情都没有发生：这总会过去的。
- B 跟他开一个玩笑，让他笑起来。看看他有多喜欢你。
- C 让别人帮忙和朋友谈谈，能不能和好。

5 好惨啊！你自行车的轮胎漏气了。你会：

- A 把它放在车库，然后出去接着玩捉迷藏。
- B 不停地找啊找原因，直到最后发现漏气的原因。
- C 试着接着用。

选了很多 A

你是一个敏感的人，有时很难理解理解别人的情绪。当这个时候，你不知道该怎么做才是最好的。请不要忘记，你的头脑中充满着创造性的解决方案。

选了很多 B

你非常有创造性，你对事物充满了好奇，经常有奇思妙想提供给自己和朋友。只不过，有时不要忘了适当地放松放松，让自己休息一下。

选了很多 C

你拥有可以做得更好的潜力，只不过有时候你不相信自己，更倾向于向他人求助。有时候，这是个好主意，但是不要忘了，你自己也可以做很多事。

创造力

小错小姐的解释

每个人都有创造力，不存在没有创造力的人！

不过，创造力就像大脑或肱二头肌：必须不断训练和

刺激才能永葆活力！

自由的想法

第二天，在学校，小奥班级的各个组又继续开始工作了。但是小奥小组的组员们却无精打采地看着四周……

小奥有些激动，他努力想修补现在的状况："同学们，昨天我的出发点就是错的。我把工作安排得好像我必须自己决定一切一样，我没有问你们的想法。生态系统主题十分有趣，你们肯定有很多的好点子，所以我提议我们从头开始：我们各自阐述一下自己的想法，然后再一起讨论！"

如果你要做一个重要的演讲，最重要的是明确
你想要表达的东西，然后，那些话自然而然地就会到来。

"太好了！这就是我想要的组长！"弗兰切斯科大喊。

"太棒了，小奥，这才是小组工作！"安娜说。

好像是被施了魔法，小奥成功地将小组成员的兴趣和
热情激发了起来。

小错小姐建议你

你想学习一个万无一失的
妙计吗？让对方觉得自己很重要，
你会发现你会让他们开心！

许多可能性

观察下面的这些图形：你第一眼看到它们时，会想到什么东西？

举个例子：一个圆圈，既可以是一个球，也可以是太阳。

是不是所有人都跟你想的一样呢？

现在你会发现即使大家看到的是同一个东西，但每个人观察的方式都不尽相同。

和你认识的人做这个游戏，在这里写下来他们看到的是什么？

妈妈..

爸爸..

兄弟姐妹..

最好的朋友..

爷爷奶奶..

老师..

所有人在同一时刻说起了话，小奥按名字的字母表顺序，让大家挨个发言！

　　"因为我非常喜欢画画和涂色，如果可以，我想我可以专攻做画报。"安娜首先开始发言。

　　艾多都想给她一个吻表示开心，她提议："我很乐意把我的两条红鱼带到学校，这样我们就能研究真正的生物了！"

　　"我曾想过用橡皮泥制作一个漂亮的模型。"艾蕾娜说道，她总是说长大以后她想成为一名建筑师。

小错小姐的解释

创造力跟没有规则是两码事：没有了规则一切只是混乱！

然后轮到了弗兰切斯科，他提出了一个连小奥都没有想到的好点子。"我的爷爷是一名装订师，他教过我如何把书页拼在一起制作成一本真正的书，所以我想我可以和你们一起写一本书，内容是关于在池塘里发现生命的故事。"他解释说。

　　"哇！"小奥感叹道，他不时被同学们的好点子惊艳到。想想，假如没有让组员自由地说出自己的想法，我们会错过多少好点子啊！

小错先生的解释

当有人提出你从来没有想到过的点子时，
你们都会变得聪明！不要害怕说出你想说的话！

"你呢，保罗，现在轮到你啦！"小奥问到现在为止唯一一位没有发言的同学。

　　"我没有想到很多好点子，对不起。但是听了你们的话，我想说：我们组不也是一个小的生态系统吗？正如老师所说的，我们也是在寻找自己空间和平衡的生物。你们不这么认为吗？"

　　你想成为小奥小组的一名成员吗？
　　来贡献一下你的点子！
　　你会为池塘研究工作提出什么建议呢？

好好观察这三幅画：
每一幅画中都隐藏着两个不同的画面。

你能看出来吗？

1

2

3

参考答案：1. 一个音符和数字7，另一个是数字6
2. 一只兔子和一只鸭子 3. 一个花瓶和两个人头像

小错小姐的解释

如果尝试着改变视角，你会发现之前没有看到的东西！

44

一瞬间，大家都停了下来，看向保罗。

尤其是小奥，他认真地听着。最后他开口了，但不是对着组员。事实上，他是在问老师："不好意思，老师，我们真的可以做我们想要做的事情吗？"

"当然啦，小奥，每个小组都有绝对自由按照你们认为最好的方式去安排工作。你们有越多的点子，就会有更丰富的多样性，更富有创造力，这也会刺激你们产生更多的想法。"老师坚定地回答。

在得到老师的认可之后，小奥看了看组员，小声宣布说：“你们听我说，我觉得我已经找到了可以把我们所有人的提议整合到一起的方法了！”

各司其职的小组

观察这三个场景。这个小组是做什么的？谁是组长？他们有什么目标？在相应的地方写下你的想法。

小组 ....

组长 ....

目标 ....

小组 ....

组长 ....

目标 ....

小组 ....

组长 ....

目标 ....

47

随后的科学课变得十分热闹，教室已经已经变成了发明家的实验室。到处都能听到争论声，在桌子上（也在地板上）有各种各样的材料：书籍、硬纸板、橡皮泥、各种类型和颜色的纸、记号笔、剪刀、胶水、胶带……

观察下面的物品，并尝试以一种新的
方式来看待它们。你还能把它们变成什么？
尝试用铅笔和颜料使它们变得不同。

有些同学正在专心致志地工作，挽起被颜料弄脏的袖子，其他同学正在投入地与小组其他成员合作，就像在建筑工地上一样。

　　老师满意地看着活动的进行，她为自己的学生感到骄傲，知道大家研究的结果一定会非常棒，连她也很喜欢这样的小组活动！

现在尝试成为真正的发明家！
请父母帮你准备一个空塑料瓶、一卷卫生纸的卷筒、
一个麦片盒或任何其他需要单独收集的东西。
想想它们还能变成什么？试着把它们变成你的作品！

老师看到小奥一组去了校外进行调查，她更满意了！小奥和伙伴们有一个非常有创意的想法：他们决定去拜访一个离家很近的地方，那里看起来就像一个池塘。

所以他们在家长的陪同下来到了农业公园，在那里他们收集了一些"样本"：在潮湿的地方生长的草和苔藓；在灌溉地和河岸上形成的奇怪植被；一些在这里扎根多年的老树的叶子。

　　然后他们观察了生活在水边的昆虫……当然他们还要努力避开蚊子！

　　经过几个下午的记录、绘画和收集，小奥和他的小组准备在教室里重现池塘的生态系统！

令人惊喜的巨大成果！

　　终于到了展示成果的日子了。空气中弥漫着激动和紧张的气氛，上课铃刚刚响起，老师就宣布了小组展示的顺序，并为展示让出了讲台。

　　小奥的小组是最后一个展示的，当六个孩子布置好空间后全班同学回到了教室，大家都惊奇不已：在讲桌旁边，好像真的有一个小池塘！

地上摆放着一个大的展报，上面再现了一个小池塘，周围是从农业公园里收集到的植物和叶子，这都是艾蕾娜用橡皮泥重建的模型。

当然，池塘中的真正明星是老师允许艾多带来的两条小红鱼，它们在装满水的塑料碗中快乐地游来游去。

小错先生的解释

小组就是一个资源库：当我们聚在一起，
每个人都没有退缩的时候，结果往往是惊人的！

弗兰切斯科首先发言。他一边翻阅着他们在他爷爷帮助下亲手装订好的书，一边展示了这项研究的内容，里面记满了他们在这几周工作中收集到的各种照片和图画。

然后其他组员依次说明插图的细节。他们每个人都有话要说。某个让他们印象特别深刻的细节，某件去公园旅行的趣事，那些引起他们好奇心的美好回忆。

也许你从来没有想过，但你肯定也属于一个强大的小组：你的朋友、你的家人、你的运动队……在相框中贴一张你们的照片（或画一幅画），然后想想每个成员与众不同的特点以及他们心目中精彩绝伦的活动！

在掌声中，由艾多和他的小红鱼来做最后的总结："女士们，先生们，现在向你们展示小红和大红！"红鱼的主人总结道，他的手朝向碗的方向展示。然而，可能被突如其来的掌声分了神，也可能是因为算错了距离……艾多不小心碰了一下塑料碗，碗落到了地上！水洒了出来，小鱼们在地上害怕地挣扎扭动起来。

小错小姐建议你

有时会有意外的事件发生，让我们陷入慌乱，这时我们应该如何应对？
我们最好保持冷静，专注于最紧迫的事情：
在这种情况下，想想小鱼，因为它们才是最需要帮助的！

一瞬间，大家都一动不动。

"快点儿，孩子们！我们应该赶紧把它们放到水里！"老师说，首先弯下了腰。

"我来抓鱼！"艾多说，努力去抓住其中的一条，但是这很不容易：它们很小，还很滑溜，而且总是动来动去的！

"我跑过去告诉辅导员，可以吗？"弗兰切斯科问道。

在这种情况下你会怎么做？

环顾四周，想想你可以用什么物品来拯救这两条小鱼。想象一下，你真的没有其他可用的东西了吗？然后在这里设计出你的创意解决方案！

"我去把塑料碗里的水装满！"安娜补充说。

老师向两个学生点点头表示同意，然后她尝试着帮助艾多——可怜的小鱼还在地上，艾多还是没有办法抓住它们。"同学们，你们能想到收集它们的办法吗？如果我们用手去抓，它们滑滑的，很快会从手中溜走，并且很有可能会伤害到它们。"

"画笔桶！"保罗突然惊呼。然后他从架子上抓起画笔桶，把里面的东西都唰的倒在了桌子上，然后在小红旁边蹲下，"我们可以把它们推进来！"

　　"天才！"艾多说。当老师和同学们疑惑地看着他的时候，艾多没有浪费宝贵的时间，他跑向桌子旁，在书包里翻找，最终拿出了塑料托盘，这本来是妈妈早上给他装三明治点心用的。

小错先生的解释

在突发事件面前，我们会想到一些平常我们想不到的点子！

他用一只手将两条鱼滑入这个不寻常的容器中——塑料托盘几乎就像是个渔网。保罗和艾多在艾蕾娜和老师的帮助下，终于救回了小红和大红。就在这时，安娜端着装满水的碗回来了。

两条鱼终于得救了！

不寻常的组合

将任何意外的事情与你选择的对象联系起来，即使是在你看来最荒谬的东西，试着想象如何在后者的帮助下解决这些意外！

- 当你想打球的时候，发现球上有个洞。
- 你和最好的朋友吵架了。
- 你不小心把爸爸妈妈最喜欢的花瓶打碎了。

然后将你绝妙的解决方案告诉爸爸、妈妈、祖父母、朋友……并让他们也完成这次挑战：找到最有趣的解决方案的人将获得奖品！

这时，弗兰切斯科也跟着辅导员艾丽萨回到了班级中。她带着拖把，马上把过道收拾干净了。

　　"谢谢你，艾丽萨！也谢谢你们！你们刚刚展现的，就像是小池塘一样，学校也是个生态系统，而我们都是其中的一部分！"老师感叹道。之后，因为课间休息时间快要到了，老师请同学们在铃声响起之前摆放好桌椅。

　　当所有人回到自己的座位上坐好后，老师接着说："在你们吃点心之前，我想跟你们说，我为你们感到非常骄傲。你们今天所展示的研究项目都值得最高的分数，但是我想给小奥组另外的附加分，因为他们展示出的创造力和组织力。

"不仅仅是因为他们最后的成果，展现了他们对主题研究得很透彻，更是因为他们知道作为一个小组，如何齐心协力解决刚刚出现的小意外。他们展现了活动精神，以及面对突发事件时的创造力！"

然后，老师转向小奥："你能跟我们说说，你这次当组长的感受吗？"

"刚开始时，当组长真的很难：我以为我只要组织安排好工作，大家就能做到最好，但是，之后我明白了，让组员自由地表达自己的想法才是最好的方法！"小奥带着满意的笑容说。

"这是世界上最棒的点子！"小奥自己想想都很开心！

小错小姐的解释

就像小奥和他的小组，出发点搞错了也有可能是一件好事。因为以这种方式你可以进步，改进工作，并且获得意料之外的结果。如果你总是一开始就把所有的事情都做好了……你就有可能错过一个转折的机会！

你喜欢读这个故事，
和这本书一起玩儿吗？

选一张小脸！

在这里写下
你学到的知识，
还有留给你印象最深的内容！

内 容 提 要

《艾玛和小奥的情商故事》共4册，各册为《找回自信》《赶走焦虑》《战胜偏见》《团队合作》，通过艾玛和小奥的故事，让孩子了解什么是自信，如何面对偏见和焦虑，怎样让团队合作更有创造力。

图书在版编目（ＣＩＰ）数据

艾玛和小奥的情商故事. 团队合作 / （意）斯特法妮娅·安德烈奥利著 ；（意）伊拉里亚·法乔利，（意）伊曼纽尔·吉波尼绘 ；周洋译. -- 北京 ：中国水利水电出版社，2022.1
　　ISBN 978-7-5226-0321-6

Ⅰ. ①艾… Ⅱ. ①斯… ②伊… ③伊… ④周… Ⅲ. ①儿童故事－图画故事－意大利－现代 Ⅳ. ①I546.85

中国版本图书馆CIP数据核字(2021)第268580号

IMPARIAMO A SBAGLIARE! Emma e Dario scoprono la creatività
© 2020 Mondadori Libri S.p.A., Milano under the imprint of Fabbri Editori
Text by Stefania Andreoli
Illustrations by Due mani non bastano - Ilaria Faccioli e Emanuele Gipponi
Collaboration on the texts with Antonella Antonelli
The simplified Chinese translation rights arranged through Rightol Media（本书中文简体版权经由锐拓传媒旗下小锐取得 Email: copyright@rightol.com）

北京市版权局著作权合同登记号：图字 01-2021-6281

书　　名	艾玛和小奥的情商故事（全4册） AIMA HE XIAO AO DE QINGSHANG GUSHI (QUAN SI CE)		
作　　者	［意］斯特法妮娅·安德烈奥利 著　　周洋 译		
绘　　者	［意］伊拉里亚·法乔利 ［意］伊曼纽尔·吉波尼 绘		
出版发行	中国水利水电出版社 （北京市海淀区玉渊潭南路1号D座　100038） 网址：www.waterpub.com.cn E-mail: sales@waterpub.com.cn 电话：（010）68367658（营销中心）		
经　　售	北京科水图书销售中心（零售） 电话：（010）88383994、63202643、68545874 全国各地新华书店和相关出版物销售网点		
排　　版	北京水利万物传媒有限公司		
印　　刷	河北文扬印刷有限公司		
规　　格	146mm×210mm　32开本　8印张（总）　160千字（总）		
版　　次	2022年1月第1版　2022年1月第1次印刷		
定　　价	159.00元（全4册）		

凡购买我社图书，如有缺页、倒页、脱页的，本社发行部负责调换

版权所有·侵权必究

艾玛和小奥的情商故事

战胜偏见

［意］斯特法妮娅·安德烈奥利　著

［意］伊拉里亚·法乔利

［意］伊曼纽尔·吉波尼　绘

周洋　译

中国水利水电出版社

www.waterpub.com.cn

·北京·

亲爱的小读者们：

当你用一只手以最舒服的姿势握着这本书时，请允许我拉住你的另一只手，陪你进入等待你的书页中……就是这样，他们等的就是你！

在这里，你会找到一个故事（毕竟，这是一本书啊！）。而这个故事很可能发生在你或是在你这个年龄段的任何小朋友身上。请享受这个故事：到目前为止，我相信你知道你要做什么。

但是当你阅读的时候，最特别的就是你会遇到小错小姐和小错先生，他们有许多事情要告诉你，还有许多游戏和练习可以让你充满个性地体验这本书：这是一本关于偏见的书，所谓偏见，也就是当我们对别人并没有深入了解时，所作出的片面的判断。同样地，我们也会被并不了解我们的人给出不客观的评论。这也属于偏见。

与这本书一起，我会帮你摆脱这两种情况。

——斯特法妮娅·安德烈奥利

亲爱的家长们：

您把这本书送给了一个才华横溢的人！

我为什么会知道？很简单：因为所有的孩子都是！但有时候，我们大人会错误地认为，教育孩子就是把他们培养成我们想要的样子。对孩子身上与生俱来的美好和纯真，我们假装视而不见。更要命的是，似乎……我们不允许他们走弯路，不允许他们有犯错的余地。

这是多么错误的做法啊！鉴于此，我们写了这样的一套书。希望孩子成长路上的绊脚石成为珍贵的宝石，一次次挫折成为滋养他们的土壤，磨砺出他们自我解决问题的本领。

事实上，我相信，在生活中，您也会有犯错的时候，不是吗？毕竟，人非圣贤，孰能无过，我们大人也是在错误中学习的。

让您的孩子按他喜欢的方式阅读本书吧。然后过段时间，问问他是否愿意和您一起共读。

——斯特法妮娅·安德烈奥利

易碎品

4

神秘的小女孩

　　清晨，在艾玛和小奥住的小区里，开进了一辆巨大的搬家卡车，它后面还跟着另一辆载着奇怪东西的车子。

　　刚刚还在院子里玩耍的小孩子们全都跑了过来，想一探究竟。原来后面那辆车里的是一辆还没有组装的大起重机!

工人们一点点地把起重机组装起来，完成后，开始从卡车里卸下各种家具和大小不一的箱子，用起重机把它们吊到其中一栋楼顶楼的阳台上。

改变有时会很难，没有必要忘掉过去陪伴过我们的美好事物，它们会给予我们慰藉。如果你只有两个箱子可以放你在世界上最重视的东西，你会往里面放什么呢？

在这里写下来

可以是物品，也可以是人，或者感情、地点、情绪等，只要是对你来说重要的东西都可以。你可以回想一下遇到困难的时候！

或者画下来

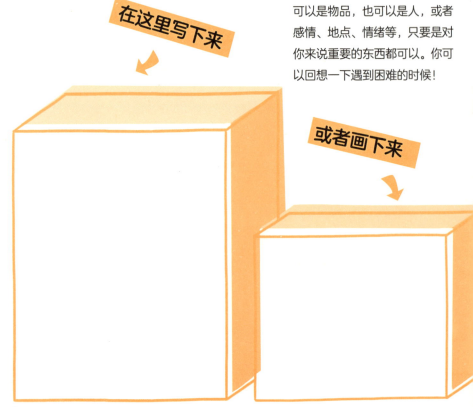

每个小孩子都好奇地张大嘴，仰着头，想知道谁将住在那个有着这里最大阳台的公寓里，并且希望这个新来的家庭有小孩子可以一起玩耍。当然这其中也包括小奥和艾玛。大家变得越来越好奇。

下次当你打开画册、笔记本或者当你面前有一张白纸的时候——

碰碰它
看看它
闻闻它

如果新事物有味道的话，对你来说，它是什么味道的呢？

⋯⋯⋯⋯⋯⋯⋯⋯⋯⋯⋯⋯⋯⋯⋯⋯

⋯⋯⋯⋯⋯⋯⋯⋯⋯⋯⋯⋯⋯⋯⋯⋯

⋯⋯⋯⋯⋯⋯⋯⋯⋯⋯⋯⋯⋯⋯⋯⋯

小错小姐建议你

每个开始就像是新笔记本的第一页白纸：时刻记住，一切皆有可能！

过了一会儿，另一辆车也到了，从车上走下他们的新邻居，这是一家三口：爸爸、妈妈和一个小女孩。小女孩看起来和艾玛、小奥他们差不多一样大，她面色苍白，满头卷发。小女孩和妈妈回转身从车里拿出两个带有把手的，看起来有些奇怪的、封闭着的塑料篮子。

"那是什么？！"小奥目不转睛地看着篮子，问道。

"那是两个专门搬运猫咪用的箱子。也就是说他们有两只猫，两只猫！"

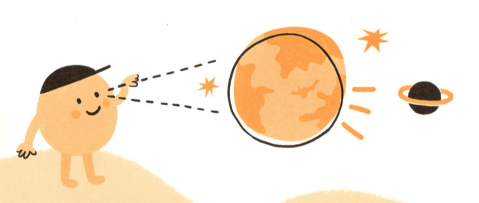

小错先生的解释

一个真正的人生探索者的特质是：好奇。

不管是对人，还是对物。

艾玛兴高采烈地回答。很可惜她不能养猫咪，因为她爸爸对猫毛过敏。

"那样她马上就能成为你的朋友了！你非常喜欢猫咪啊！"

事实上，艾玛迫不及待地想要知道更多关于这个小女孩的事情，或许，明天新邻居就会下楼来到小院子里和他们一起玩儿，这样艾玛就能问她很多问题了！

同时，因为这次搬家似乎还要持续很长时间，大家又回到院子里玩耍了。

试着翻翻外套的口袋

或者你有一段时间没用的背包，或者是你的房间里一个不经常用的抽屉（也许你也可以借此机会把它整理好）：去寻找你已经忘记的一些东西，那些你不确定它们是否还在的东西，重新发现它。就像它是全新的或是刚收到的礼物一样。

但是，第二天，新来的小女孩并没有在院子里出现。

大家便开始猜想一些关于这个女孩的事情：她会跟他们在同一所学校上课吗？她会去哪个班级？她是亲切可爱的吗？她为什么不来院子里，是因为父母不同意她来吗？为什么？她闯了什么祸吗？这些问题慢慢变成了他们的游戏，他们比谁的猜想最离奇……

"她不能出门，因为她不喜欢交朋友！"

"她只在夜晚有月光的时候才能出门，所以，她脸色才那么苍白。"

想想那些平常就在一旁观望的孩子，那些通常不是主角的孩子。
你觉得他们会有什么感受？
在你认为最适合描述他们的词旁边打对勾。

伤心的 □ 开心的 □ 隐形的 □ 有趣的 □ 满意的 □

每当我们不知道某事时，我们的大脑就会寻找相关的线索和元素，如果找不到……大脑就会创造一个！

"她被迫待在家里是为了不让别人发现她的魔法！"

最后小奥提议："让我们称她为'白色女孩'吧！"

你呢？
你想象中的白色女孩是什么样的呢？

试着在这个画框里画下来并涂色。

对艾玛来说，她朋友们的问题游戏和荒谬的幻想并没有那么有趣。她真的很想见见这位新邻居。或许她们可以成为好朋友，可以一起玩儿很多好玩儿的游戏。而且……她有两只猫！

我们拥有哪些共同点?

想两个你不太了解的人,他们并不是你最好的朋友,
写出他们的名字,然后找一找并写下区分他们的三个特征。
想一想:你也有这些特征吗?如果是,请为相应部分的轮廓涂色。
如果你对人像中至少一小部分进行了涂色,
那么可能那个人值得你去进一步了解!

下次见到她时尝试跟她交朋友!

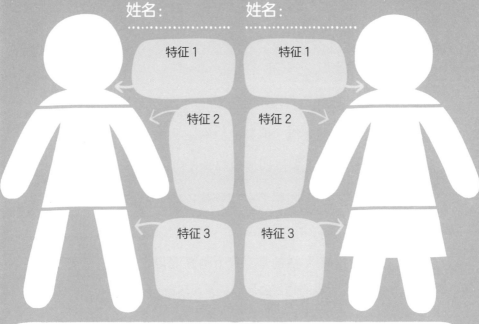

姓名:

姓名:

特征 1

特征 1

特征 2

特征 2

特征 3

特征 3

过一段时间,回到这一页:

你们成为朋友了吗?在这里讲讲你们的故事吧!

会有什么事情发生呢？

学校开学已经有好几天了，因为小奥比艾玛大一岁，他和艾玛在不同的年级，但是他们俩还是每天早上一起去上学，由他们的家长轮流送他们到学校门口。然后艾玛和小奥会跟别的朋友们聊聊天，之后就各自去自己的教室上课了。

这天早上，不一样的是，有个消息等待着大家：艾玛的班级来了一位新同学！老师向大家介绍道："她叫比安卡，刚刚搬到这里。让我们欢迎她，并且用合适的方式帮助她，陪伴她，让她成为我们班级的一分子。"

小错小姐建议你

成为关注的焦点，（几乎）我们每个人都会感到尴尬和不适，这很正常！如果这发生在你身上，想象一下你正戴着象征着国王和王后的皇冠以及斗篷——每个人都在关注你的原因是因为你很重要！

比安卡却没有笑，也没有说一句话：所有人的目光都聚集在了她的身上，这让她很不自在！在同学们的小声议论声中，她走到了一个靠窗户的空座位前坐了下来。

"就是她！她叫比安卡 *，太不可置信了！"艾玛惊喜地想。她等不及要跟小奥分享。

* 比安卡在意大利语中是白色的意思。

你想象中的斗篷和皇冠是什么样儿？在这里画下来，并涂上颜色。

艾玛焦急地数着倒计时，等待课间休息的到来。就在这时，突然电闪雷鸣！"哦不！不要在这个时候！"她想着。

但是，正好下课铃响的时候，暴风雨来临了。大家不能下楼到院子里玩儿了，老师组织同学们在教室里吃点心，并和大家一起讨论今年的小组活动选哪些项目。艾玛不得不等放学以后再告诉小奥新邻居与她同班的消息。

小错先生的解释

当我们是孩子的时候，大家都不喜欢等待，这很正常！
慢慢地你会学会等待，这样我们就踏出了成长的重要一步。

你有没有观察过在烤箱里烤着的蛋糕？或者是正在发酵的面团？或者你有没有问过父母你花了多长时间学会骑没有辅助轮的自行车？成功需要时间，而仓促行事往往会适得其反。

课间休息时间结束了，接下来是艾玛最喜欢的两个小时的绘画课。时间过得飞快。那个新来的小女孩不跟任何人说话，紧紧地待在老师的身边，像是受到了惊吓。艾玛想跟她搭话，但没找到合适的机会。

放学铃响了，艾玛第一个冲出教室，她迫不及待地想要告诉小奥今天早上发生的事。

"谁知道他会有什么反应呢？"艾玛愉快地想。

培养耐心

训练等待和对时间的尊重是很重要的。在爸爸妈妈的帮助下，在透明玻璃杯或碟子里放一些湿的棉花，然后在上面放上豆类植物（如豌豆或扁豆）的种子。记得每天早上给它洒上水，观察会发生什么变化。你也可以记录你的种子日记：写下正在发生的变化，并记下每次变化需要多长时间。

"她叫比安卡！"艾玛在小奥身后小声说道。她终于在拥挤的校门口找到了小奥。

"谁？"她的朋友问，小奥当时在和其他同学说话，被艾玛突然的搭话吓了一跳。

"还能是谁？"艾玛反问道，抓住他的衣服袖子，把他从人群中拽了出来。

"咱们的新邻居，她叫比安卡！"

名字的美好寓意

我们的名字一般寄托着家长对我们的美好期望和祝福。请教爸爸妈妈，他们给你起的名字有什么特殊的含义，并写在右边的徽章里。

我的名字是

含义是

　　"那这么说，我真的是一个魔法师！"小奥得意扬扬地感叹道，差点儿跳到人行道上。现在轮到艾玛疑惑了：到底是什么魔法？

　　"就是我，我给她起名为白色女孩，你记得吗？我是一个天才！"小奥手舞足蹈地接着说。

　　艾玛想告诉她的朋友，她的本意是和他谈谈比安卡——她们的新邻居，而不是恭维他有魔力，但她无法阻止他，他太投入了。

"快，告诉我更多的事情。怎么样，你跟她说上话了吗？"小奥问，他终于从自己洋洋自得的世界里走了出来。

"完全没有。"艾玛失望地承认道，"老师向我们介绍了她，但是比安卡一个字都没有说，她要么一直待在老师的身边一言不发，要么就静静地坐在自己的位置上。"

"你看，我猜对了吧！"小奥说，"她真的很奇怪：在院子里看不到她，或者她根本就不喜欢做游戏；她白得就像床单一样，而她就叫比安卡，一言不发……也许她是被施了咒语！"小奥高兴地做着总结，已经确信自己终于解开了新邻居的谜团。

小错先生建议你

和别人一起开怀大笑与哈哈大笑
嘲笑别人，是两件完全不同的事情。

艾玛不喜欢小奥这样说。她的朋友平常没有这么讨人厌，她对小奥说。

小奥耸了耸肩，一点儿也不理解为什么艾玛觉得没有意思。

小错小姐的解释

告诉某个人我们不喜欢他的行为举止或许是一件困难的事情，因为我们害怕他们的反应。这很正常，要说服自己相信自己的想法需要很大的勇气。

想一想，你能够像艾玛一样，直接了当告诉对方，
你不喜欢他谈论别人的方式吗？
圈出最能够代表你回答的小脸。

当然！

一般一般……

我觉得不能！

为什么艾玛不像小奥
一样觉得这件事有趣呢?

☐ A. 因为她不理解他的玩笑。

☐ B. 因为她那天比平常还要沮丧。

☐ C. 因为她不喜欢嘲笑别人，特别是在背后。

参考答案：C

过了几天，在手工课上，艾玛向老师请示她想去一趟洗手间：她的手上全是胶水，她想赶快洗掉。她刚刚到洗手台，突然听到角落里有人在哭泣。竟然是……比安卡!

小女孩好像因为艾玛的到来吓了一跳，她转身环顾四周，像是想要逃走，但是艾玛正好就在门口，挡住了她的去路。

　　艾玛不理解比安卡的行为，不过有一会儿，连她都觉得有些害怕和恐惧。但是，她慢慢靠近小女孩，尽量用平静温和的声音和她说话。

　　"你好，我是艾玛，我坐在你前面两排的位置。你认出我了吗？"

　　但是，比安卡趁机逃走了，消失在了走廊里。

　　"发生了什么事呢？为什么她会这样呢？"艾玛担心地想，洗手间里的寂静被水龙头哗哗的流水声打断了。

小错小姐建议你

　　当有人行为举止有些奇怪，让你无法理解的时候，最好的做法就是……直接向他寻求解释！

课间休息的时候，艾玛想要和老师说说在洗手间发生的事情，但是她被朋友们叫去做游戏了。艾玛想以后再说也不迟。

而比安卡，就像平常一样，一个人坐在在大门前的台阶上看书，好像不愿意跟任何人交流似的！

哪些事对你来说很重要？

下列哪些行为
是你不喜欢的？
把它删掉，并骄傲地向大家展示你的
品质。然后设计一面属于自己的旗帜，
根据需要和喜好，对旗帜进行上色和装饰。
你可以找到独创的方式来覆盖已经删除的词语！

冒犯他人

乐于助人

侮辱他人

认识新朋友

嘲笑他人

孤立他人

热情好客

欢迎新朋友

表达感谢

艾玛一有空就远远地观察她，想到她刚搬到新房子，来到新学校，或许会感到很孤单。在那种情况下，比安卡或许会有点儿害羞，但是她竟然还在洗手间里哭！小奥在某种程度上是对的吗？她的周围似乎有一个谜团……

小错先生的解释

没有人能够完全了解另一个人。
我们每个人都是或大或小的谜团。

第二天早上，在进教室之前，艾玛终于找到机会向老师讲述昨天在洗手间发生的事情。

老师认真地听着，感谢艾玛告诉她，并请艾玛帮忙，如果看见比安卡被人盯上了，一定要告诉她。艾玛很好奇，也有些担心这位新同学，但是没有时间继续和老师讨论了，上课铃声正在催促同学们："所有人，进教室！"

来自朋友的安慰

👍👍

如果你遇到了一些重要的事情，
你会告诉谁呢？

我选择告诉妈妈，因为...

我选择告诉爸爸，因为...

我选择告诉老师，因为...

我选择告诉祖父母，因为 ....

我选择告诉好朋友，因为 ....

我不会告诉任何人，因为 ....

"听说比安卡在之前的班级好像偷过东西，这就是她转学的原因。"在学校门口，小奥十分激动地悄悄告诉艾玛。

"在教室里偷东西？！"艾玛很疑惑，比起关于比安卡偷窃的流言，她更相信那个说法：偷东西的是小偷，小孩子才不会偷东西！

"我不相信！"她对朋友说。她真的必须要和比安卡谈谈，问问她真相。但是要怎么做呢？

小错小姐建议你

不是所有的流言蜚语都是真的。在相信流言之前，最好先做调查了解实情，就像那些调查员做的！

艾玛的主意

　　艾玛意识到，在学校寻找机会单独和比安卡谈话，是十分困难的。因为比安卡从来都是一个人，要不就不离开老师身边，要不就在有人跟她搭话的时候，她一言不发。

　　经过整整一周的冥思苦想，突然，艾玛灵光一现：我可以去她家找她，或许在自己的房间里，比安卡会更舒服自在！

这做起来十分容易，毕竟比安卡就住在她家楼上。 或
许星期六下午她就可以去找比安卡了。

迈出第一步！

你有没有迈出帮助别人的第一步？你还记得事情的经过吗？

....

....

....

....

再回想一下
有人第一次来帮助
你的情况。

你感受如何？

你在身体的哪部分感受到了？

在这里用√标

记一下。

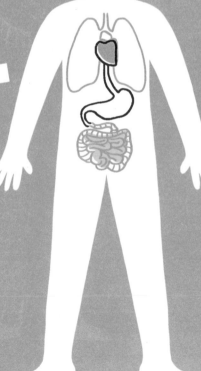

艾玛不想一个人去，但是她需要好好了解情况并找到解决办法。"你们已经认识新邻居了吗，就是住在最顶楼的那家？"某天早上艾玛在吃早饭的时候，向父母问道。

准备一个惊喜

给那些在你需要帮助的时候，帮助过你或是陪伴在你身边的人，写一封信或是一张小便笺，让他们知道你心存感激。为了使这件事更特别，你可以在大人的帮助下，寄出你的信件：把它放进信封并贴上邮票。

小错先生建议你

从邮递员的手里收到一封手写的信会让人激动无比。
这样的惊喜甚至比礼物更值得！

    "还没有，但是我每天都在想我应该去打个招呼。她家女儿是你们学校的学生，是吧？"妈妈回答她。

    "是的，她叫比安卡。我们可以这周六下午一起去她家，就在午饭之后。"艾玛充满希望地提议，"知道吗，比安卡在学校不和任何人说话，而且在班级也没有交到朋友，我想要更好地了解她。"

    "好啊，这真是个绝妙的好主意！"妈妈说。

填 字 游 戏

你知道什么是强者所拥有的主要特点吗？
完成下面的成语填字游戏后，你就会找到啦！

1. 形容什么稀奇的事物都有。

2. 形容做事专心致志，一门心思

   地只做一件事。

3. 连一粒米也没收获到。

4. 善意地对待别人。

5. 技艺高超的工匠。

6. 对准靶子射箭。比喻说话或做

   事有明确的目的，有针对性。

7. 千万人一条心。形容团结一致。

1 ☐☐☐ 有

2 ☐☐☐ 意

3 颗 ☐☐☐

4 ☐ 人 ☐ ☐

5 ☐ 工 ☐ ☐

6 ☐☐☐ 矢

7 万 ☐☐☐

参考答案

1. 无奇不有　2. 一心一意　3. 颗粒无收　4. 与人为善　5. 良工巧匠
6. 有的放矢　7. 万众一心

强者所拥有的主要特点：有一颗坚持的恒心。

"或许她就是太害羞了。"爸爸在倒咖啡的时候说，"要融入一个大家从三岁就互相认识的群体里，不是一件容易的事。"

艾玛开始向父母解释与其说比安卡害羞，不如说她像受到了惊吓，感到害怕。艾玛还告诉父母在学校里比安卡周围总有奇怪的流言蜚语，然后慢慢地，每个人都道听途说或自己臆想。不过没有任何一个人尝试过直接和比安卡交流！

"好了，那就这么决定吧：我会告诉她的父母这周六下午我们会过去拜访。到时候我烤一些饼干带过去！"艾玛妈妈非常高兴和女儿合作。

小错先生建议你

准备一个蛋糕，画一个祝贺卡片，对他人微笑，说一些暖心的话……这说明你有照顾他人之心。如果你对朋友这么做，他们也会投桃报李，给你同样的回报。

整整一天，艾玛总是想到比安卡："她的两只猫叫什么名字呢？""她的房间会是什么样子的呢？""我会不会发现她的秘密呢？"她真的十分好奇。

　　终于，周六到了。那天早上艾玛感到一丝激动和小害怕，但是，午饭过后，当她和妈妈摁比安卡家的门铃，比安卡妈妈满脸笑容地迎接她们的时候，艾玛马上就知道了，在这个家，除非他们隐藏得很好，否则根本没有什么奇怪的。

比安卡家很宽敞，很明亮，因为刚搬进来的原因，门后还放着几个箱子，墙上还没有挂上画，但除此之外，跟其他人家没有什么不同。比安卡的妈妈和爸爸也像她自己的父母一样，非常和蔼可亲。

两只猫真的十分漂亮和可爱。两个女孩子刚刚坐在沙发上，两只猫就跳进了她们的怀中，开始发出呼噜声。

"它们叫什么？"艾玛激动地问。

比安卡没有回答，这时她妈妈说："它们叫比克和帕力诺。"她观察了自己的女儿，补充说："比安卡，在我们大人喝咖啡的时候，你为什么不带艾玛参观一下你的房间呢？"

小错小姐的解释

动物们有很敏锐的第六感：这意味着它们知道谁可以信任，而谁又不能！

给图画涂色

当你感到悲伤或沮丧时，抚摸动物或与大自然接触会对你有所帮助。

你的宠物是什么样子的？

如果你没有宠物，

你希望拥有什么样的宠物呢？

遗憾的是，不是所有人都能养一只狗或是一只猫，但是他们仍然可以把动物当作朋友，或是在院子里、公园里散个步。

小女孩站起身，脸色苍白且沉默着，就像在班级的时候一样，她微微笑了一下，然后给她的同学带路。

"好漂亮啊！你为你搬到这里而感到高兴吗？"艾玛走进比安卡的房间问她。 她的房间很温馨，多彩、敞亮，而且有最新款的家具。

但是依旧，艾玛没有得到任何回答。

小错小姐的解释

说话少不代表着不思考。说话少的人或许只是需要寻找一个表达自我的方式。

39

两个小女孩互相看了一会儿，然后比安卡低下了头，而艾玛也不知道说些什么。

"或许来到这里并不是个好主意。"艾玛想，"或许，她根本不喜欢我。算了，我最好问一问她。"

"或许你根本不想跟我单独待在这里，我们可以回到那边去……"

依然没有回答。

艾玛沉默了一会儿，徒劳地等着比安卡说些什么。之后，就在艾玛正要起身离开的时候……

小错先生建议你

人们经常谈起对黑暗的恐惧，但几乎不谈不知道该说什么的恐惧。当你碰巧遇到这种情况的时候，试着用一个技巧来克服它：你来问问题，让对方说话！

"这是这么久以来第一次有人来我家找我，没有人喜欢跟我玩儿。"

比安卡几乎是一口气说出来的。

你有一本秘密日记吗？

如果你还没有秘密日记，你可以把你的想法写在纸条上，放在一个精心装饰过的盒子里。通过这种方式，你将会找到合适的词语来表达自己的想法。也许某一天，谁知道呢，你愿意大声说出来。

装饰你的箱子并为它涂色，就像它可以真正保守你的秘密一样。

41

她继续说："在我之前的学校，同学们总是嘲笑我，孤立我，后来他们竟然跟我开起非常恐怖的玩笑：一个同学把自己的玩具悄悄塞进我的背包，然后污蔑说是我偷的。我不知道他为什么要这样做……"艾玛不敢相信自己的耳朵。

我们应该怎样防御攻击呢？

用你知道的所有方法让你的盾牌更坚固：
在上面画一些图案，符号，也可以写一些激励自己的话。
请记住：你是否真正拥有它们并不重要！

重要的是要相信它们的存在！

比安卡要去
新的学校

虽说条条大路通罗马，
但是帮助她选择一条障碍较少的路！

担心
交不到朋友

担心
被嘲笑

担心
诸事不顺

新的朋友

想要
帮助她的人

43

"因为情况没有任何好转，所以我父母决定帮我转学，甚至我们举家搬家。学校变了，同学变了，老师变了，但是对我来说，情况并没有任何好转。所以，要说错，也是我的错，而不是别人的错！"比安卡接着说。

做一个实验

在一本盛满水的杯子里，放一小勺薄荷糖浆。
水变成了什么颜色？
只要一点点的薄荷糖浆就可以改变液体的颜色。
这是因为小小的介入也可以产生明显的改变。
现在用水和薄荷为改变而干杯！

小错小姐建议你

记住没有一个人应该为某事完全负责！

错误

艾玛不知道该说什么，这是一个很艰难的处境。她从来不觉得交朋友是件难事，所以她不太明白。或许比安卡说的有道理？是不是她身上的什么东西，让同学们对她敬而远之？

　　艾玛回想起在学校的比安卡：她很安静，在课间休息的时候也只坐在自己的座位上。或许对别人来说，这很奇怪，所以没有人敢靠近她。但是她能够做什么来帮助她呢？

身份证

你觉得一个容易交朋友的小朋友长什么样儿?

而与他人相处有点困难的小朋友呢?

他们是悲伤的还是快乐的? 是开朗的还是沉默的?

完成两人的身份证,并在相应的画像下写下他们的特征。

容易交朋友 ☐   不容易交朋友 ☐

· ·

· ·

· ·

· ·

· ·

你觉得你和哪种身份比较像? 在相应的方框内画上√。

然后,如果你看起来像第一个,试着想想你怎么样能够帮助内向的小朋友。

如果你看起来像第二个,那么试着想想什么能帮助你,让你在别人身边的时候,感觉更好。

最后 ...... 尝试去做一做!

小错先生的解释

除非你是预言家，否则你永远无法提前知道事情会如何发展或是会发生什么！

"如果你愿意，我们明天早上可以一起去上学，我给你介绍小奥，他就住在我们楼下。他是我最好的朋友之一！"艾玛向比安卡提议。

"不，最好不。他一定会嘲笑我的！"即使想想这样的事会发生比安卡就觉得很害怕。

艾玛想了一会儿，觉得她说的有道理：她想起了小奥和其他朋友编造的，关于她的荒谬故事，她承认连他最近都不是很友好。但她决定做点儿什么。

你要知道，即使你不是大人或是一个超级英雄，你依然拥有力量。对你来说，它们是什么呢？

我能 ....

....

....

....

"但是今天我就来找你了呀！"艾玛试着说，"你在之前的学校过得不怎么好，不意味着你在这里也会啊……"

比安卡好像思考了一下，艾玛利用这个空隙，继续说："我在去年也非常害怕我画不好画儿，我真的在最后一刻都想退出比赛了。但是我知道，没有任何一个人可以预言未来，有些时候，恐惧让我们相信事情会向坏的方向发展，但是事实并不是如此的。我们怎么能知道那些还没有发生的事情呢？我们又不是魔法师！"

你收集过纸牌或小雕像吗？

是时候开始你的独家特殊收藏了！
从彩色纸板上剪下长方形的小卡片。
把其中一面按你的喜好装饰。
在另一面写下来，每次你觉得事情不顺利的时候，但最终峰回路转的经历。
然后，在你感觉情绪低落或是担心的时候，重新读读这些卡片。

比安卡平常都会把事情往坏的方向考虑，她承认。

"来想想这个：你曾经想过我会来你家吗？我们会一起度过一个下午吗？没有吧！但是我现在就在这儿！事情就这么发生了！"

艾玛很确信：她能够让她的新朋友换个方式看事情。对比安卡来说，她不太习惯这么想，所以有了一个奇怪的效果。

"总而言之，星期一我不去学校，我不喜欢这样。"比安卡坚定地说，她又回到了之前的步调。

"为什么？星期一是个重要的日子：老师会告诉我们，她会如何为今年的小组活动分配小组，我们还会给自己的小组设计队标。真的很好玩儿，你不能不在！"艾玛激动地回答。

"如果你愿意的话，我可以请老师把我们俩分在一组……"比安卡一边想着，一边摆弄着手腕上的手链。

"真好看呀！"艾玛惊呼，她现在才注意到。

"谢谢。你想要一个吗？"

"也就是说……这是你做的吗？"艾玛惊讶地问。

"当然啦，我也可以用你喜欢的颜色，给你做一个！"比安卡终于感到了自在。

艾玛这时突然想到了个点子。天才般的点子，小奥会这么说。

她跟比安卡说了自己的想法，比安卡第一次露出了笑容。

你有没有过用一个动作或是一句话语，改变了一个人的状况或心态？

在这里讲讲你的故事！

终于
大家一起

　　周一的早上，就像往常一样，艾玛和小奥还有他妈妈一起去上学，她运用这个机会，向小奥讲述和比安卡度过的下午。

　　小奥问了许多问题，还有很多评价："你去了她家？怎么样？漂亮吗？那猫咪们呢？""比克和帕力诺，它们是什么品种的？""当然，她不是白色女孩。我从来没有说过这样的话！但是她脸色太苍白了！""你觉得她可爱吗，即使她不说话的时候？"

"当然，现在你就说想让我相信你们聊了很多……"

为了回答朋友连珠炮似的问题，艾玛都没有意识到他们已经到了学校的大门口。

即使是在拥挤的校门口，小奥还想要继续问艾玛。但是艾玛却将头转向四周，她在找比安卡：希望在最后一刻，比安卡没有改变主意。

幸好，她一进教室，就看见比安卡已经坐在了位置上。随后，老师也到了。

所有的同学都很焦急地想知道老师是怎么分组的。

同学们坐在桌前，屏住呼吸，而老师则从公文包里拿出一个文件夹，准备宣布期待已久的分组结果。

然后，按照点名的顺序，老师一个个公布他们被分配到的小组。艾玛和比安卡欣喜若狂，因为她们被分到了一个组！

小错小姐建议你

处于困境的孩子总是孤独的。说实话，
这也适用于成年人。给予陪伴总是一件好事！

　　当分布在教室各个角落的学生，集合到一起准备开始工作的时候，艾玛立刻意识到连比安卡也在微笑地参与其中：她看起来很高兴！

　　"现在我们分好组了，为了区分各个组，我们应该给小组取名了。大家有什么建议吗？"老师问。

　　这时候，艾玛举起了手。

一个人好，
还是有人陪伴好？

你是哪种类型的？你喜欢在小组里工作还是你更倾向于单独工作？

还是不管前者还是后者，你都可以？

做个测试来看看你是哪种类型的！然后记下你的每个回答，发现哪个字

母你选择的最多，然后读一读相应的解释。

1 你喜欢哪项运动？

A 篮球
B 网球
C 游泳

2 在学校课间休息的时候，你有一个
美味的点心。你会怎么做？

A 一半自己吃，一半给别人
B 只有在别人问我要的时候，我会给一小块。
C 我会试着藏起来。

3 当你们玩捉迷藏的时候，你能接受当找人的角色吗？

A 是的，我经常当找人的。
B 我不喜欢，但是轮到我的时候，我不会抗议。
C 我尝试去避免。

4 你是足球队的守门员。
结果对方进球了，你会怎么做？

A 我害怕我会令全队失望
B 我会想：人非圣贤孰能无过
C 我会对我的队员生气

5 你最好的朋友受到了不公平待遇。
你会怎么做？

A 我会想怎么去帮助她
B 我会去安慰她
C 我会告诉她不要想太多

恭喜你！你是一个优秀的队友，和你一起工作一定会很愉快。你能够找到对每个人都有益的解决方案，并且你享受和他人友好相处。但是请记住，即使在享受孤独的时候，你也可以做许多美好的事情。

你喜欢和朋友在一起，但有时你更喜欢一个人做自己的事。 你拥有出色的品质和才能，让你可以在任何情况下都感到轻松自在，无论是单独一人，还是在团队中。因此，你具有成为团队领导者的潜质。
这些品质和才能使你能尊重他人也迎来别人的尊重。

你往往会成为关注的中心，你喜欢突出自己的能力，但是当事情不像你预想的那样发展时，你会很不开心。
但试着想想，虽然一个人可以跑得更快，但和朋友一起，你们可以一同分担，一起面对失败，你会走得更远。

"好的，艾玛。我非常好奇。起立跟我们说说你的点子！"老师说，全班同学都转向了艾玛，期待着她的回答。

"我想了一下，我们可以用一种颜色来为自己的小组起名，然后各个组的同学制作相应颜色的手链，这样就能一直戴着。"

"好主意，你们觉得呢？"老师转向其他学生问道。

大家都鼓掌表示同意这个想法。

"可是我们从哪里弄到手链呢？"卢卡问道。

艾玛迫不及待地想要告诉大家这个惊喜。她走到比安卡身旁对大家说："她会做的！她非常棒！你们看这条手链，就是她为我做的！"

比安卡和艾玛一下子被同学们围住了：他们都很好奇，想要看手链是什么样子！比安卡受到了很多赞美。

你呢，你擅长做什么呢？

在一个团体或团队中，
你可以为队友提供什么帮助呢？
把它写在你的奖牌上。

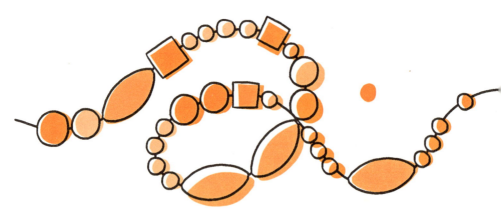

　　"你能不能教同学们怎么做手链呢？"老师提议道，"这样你就不用自己一个人做那么多，其他人也会学到一些新的知识和有趣的东西。"

　　"我不知道，我从来没有试过。但我不认为……"小女孩语无伦次地回答。

　　艾玛过来帮她："你教我怎么做的时候就讲得很好！"她低声鼓励比安卡。

老师和其他同学也在鼓励比安卡，比安卡知道自己又一次陷入了旧习惯中。她想："如果我连尝试都不尝试，怎么能知道我是不是能做到呢？"然后，比安卡几乎毫无意识地说："好吧，我会带来所需要的材料，我们试试！"连她自己都不相信，她说出来了这些话！

选一张漂亮的明信片，记录你被自己惊喜到的时候。
寄向你的地址，然后放在你特别喜欢的书里，或是你的日记本里，
在你保留很多年之后，再读一读。
即使你长大了，这还会让你惊喜！

稍晚，在学校门口，艾玛和比安卡遇到了小奥。艾玛向他介绍自己的新朋友："比安卡为你准备了个惊喜！"

比安卡跟他打了个招呼，并把一条蓝白相间的手链系在了小奥手腕上。小奥很吃惊！

"原来你会说话啊！"他感叹道。比安卡不明所以地看着他。

"不要听他说！他在开玩笑。小奥有的时候很奇怪！"艾玛笑着解释道。

"是吗？那我要是倒立着回家或者单脚跳着回家，是不是会更加奇怪？你们看，我试试！好了！我们走吧！"

三个好朋友哈哈大笑，一同向家的方向走去。

小错先生的解释

我们都是一样的：每个人都会有自己的怪癖，只不过每个人的奇怪点不一样！

你喜欢读这个故事，
和这本书一起玩儿吗？

选一张小脸！

在这里写下
你学到的知识，
还有留给你印象最深的内容！

内 容 提 要

《艾玛和小奥的情商故事》共4册，各册为《找回自信》《赶走焦虑》《战胜偏见》《团队合作》，通过艾玛和小奥的故事，让孩子了解什么是自信，如何面对偏见和焦虑，怎样让团队合作更有创造力。

图书在版编目（CIP）数据

艾玛和小奥的情商故事. 战胜偏见 / （意）斯特法妮娅·安德烈奥利著 ；（意）伊拉里亚·法乔利，（意）伊曼纽尔·吉波尼绘 ；周洋译. -- 北京 ：中国水利水电出版社，2022.1
ISBN 978-7-5226-0321-6

Ⅰ．①艾… Ⅱ．①斯… ②伊… ③伊… ④周… Ⅲ．①儿童故事－图画故事－意大利－现代 Ⅳ．①I546.85

中国版本图书馆CIP数据核字（2021）第263759号

IMPARIAMO A SBAGLIARE! Emma e Dario affrontano i pregiudizi
© 2020 Mondadori Libri S.p.A., Milano under the imprint of Fabbri Editori
Text by Stefania Andreoli
Illustrations by Due mani non bastano - Ilaria Faccioli e Emanuele Gipponi
Collaboration on the texts with Antonella Antonelli
The simplified Chinese translation rights arranged through Rightol Media (本书中文简体版权经由锐拓传媒旗下小锐取得 Email: copyright@rightol.com)
北京市版权局著作权合同登记号：图字 01-2021-6281

书　　　名	艾玛和小奥的情商故事（全4册） AIMA HE XIAO AO DE QINGSHANG GUSHI (QUAN SI CE)
作　　　者	［意］斯特法妮娅·安德烈奥利　著　　周洋　译
绘　　　者	［意］伊拉里亚·法乔利　　［意］伊曼纽尔·吉波尼　绘
出版发行	中国水利水电出版社 （北京市海淀区玉渊潭南路1号D座　100038） 网址：www.waterpub.com.cn E-mail：sales@waterpub.com.cn 电话：（010）68367658（营销中心）
经　　　售	北京科水图书销售中心（零售） 电话：（010）88383994、63202643、68545874 全国各地新华书店和相关出版物销售网点
排　　　版	北京水利万物传媒有限公司
印　　　刷	河北文扬印刷有限公司
规　　　格	146mm×210mm　32开本　8印张（总）　160千字（总）
版　　　次	2022年1月第1版　2022年1月第1次印刷
定　　　价	159.00元（全4册）

艾玛知小奥的情商故事

赶走焦虑

［意］斯特法妮娅·安德烈奥利　著

［意］伊拉里亚·法乔利

［意］伊曼纽尔·吉波尼　绘

周洋　译

中国水利水电出版社

www.waterpub.com.cn

·北京·

亲爱的小读者们：

当你用一只手以最舒服的姿势握着这本书时，请允许我拉住你的另一只手，陪你进入等待你的书页中……就是这样，他们等的就是你！

在这里，你会找到一个故事（毕竟，这是一本书啊！）而这个故事很可能发生在你或是在你这个年龄段的任何小朋友身上。请享受这个故事：到目前为止，我相信你知道你要做什么。

但是当你阅读的时候，最特别的就是你会遇到小错小姐和小错先生，他们有许多事情要告诉你，还有许多游戏和练习可以让你充满个性地体验这本书：这是一本关于焦虑的书，我们或多或少都知道它是什么。但是，通过这些内容，你能够反思对你来说什么是真正的焦虑。

而且，也许你会用不同的方式去面对它。

——斯特法妮娅·安德烈奥利

亲爱的家长们：

您把这本书送给了一个才华横溢的人！

我为什么会知道？很简单：因为所有的孩子都是！但有时候，我们大人会错误地认为，教育孩子就是把他们培养成我们想要的样子。对孩子身上与生俱来的美好和纯真，我们假装视而不见。更要命的是，似乎……我们不允许他们走弯路，不允许他们有犯错的余地。

这是多么错误的做法啊！鉴于此，我们写了这样的一套书。希望孩子成长路上的绊脚石成为珍贵的宝石，一次次挫折成为滋养他们的土壤，磨砺出他们自我解决问题的本领。

事实上，我相信，在生活中，您也会有犯错的时候，不是吗？毕竟，人非圣贤，孰能无过，我们大人也是在错误中学习的。

让您的孩子按他喜欢的方式阅读本书吧。然后过段时间，问问他是否愿意和您一起共读。

——斯特法妮娅·安德烈奥利

运动场

家族爱好

"你小时候经常打篮球，这是真的吗？我一点儿都不知道呢！"小奥跟爸爸说。他们正走进一个小型运动场，这是父子俩第一次一起去看现场比赛。

小奥爸爸刚刚告诉了小奥一则重磅消息：他曾经在一个强劲的队伍里打过篮球！

"那是很久以前的事了……"小奥爸爸笑着说道，"这就是为什么看你选了篮球，我会那么开心！当然，假如你选的是游泳，我也会同意，但是你选了篮球，这就像子承父业，更有家族传承，而且我相信你一定会比我更优秀的！"小奥爸爸感叹道。他买了一份分量很足的爆米花，然后激动地走向体育场的看台。

　　小奥更加欢欣雀跃了：他不仅能看到他喜欢的传奇球员，而且还是跟爸爸在一起看！

共同爱好

你和你的父母有什么共同爱好吗？向我们展示一下！
想象一下你和他们坐在电影院里，你正从一个旁观者的角度看着屏幕上的你，以及爸爸、妈妈。

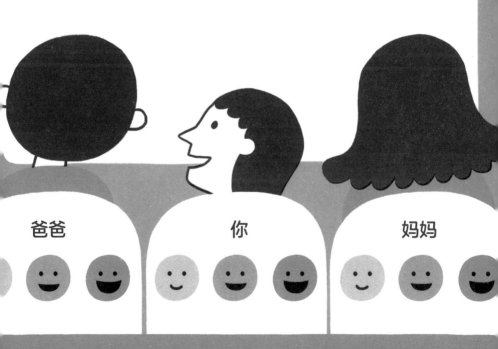

爸爸　　　你　　　妈妈

你们有多开心？而谁又是最开心的？
为每一个人选一张相对应的笑脸。

那如果只有你自己喜欢呢？

让我们做一个相反的游戏：
有没有什么是你非常喜欢，
但是却不能和家人、朋友，或者同学
分享的？
想象一下有一个舞台，
可以站在上面说说为什么它对你来说
很重要。

画一幅自画像，

然后在对话框里

写下你要说的话！

现在你已经想明白了你对那些事感兴趣的原因，你也许想……公开你的
原因。找一个人，跟他聊聊你的爱好，然后在这里写下来他的反应。

第二天是星期日。前一天的比赛十分精彩激烈，小奥和爸爸还沉浸在昨天观看比赛的兴奋中，趁现在有空，他们立刻下楼到院子里，打起了篮球。艾玛——小奥的朋友，刚刚起床不久，站在三楼的窗边，看着外面的场景大吃一惊：停车库的墙上挂着一个篮筐，地上的白线明显是今天才画上去的，她昨天还没有看到呢。

　　她决定下楼去看看到底发生了什么事。

"艾玛，你不会相信的，我发现我爸上学的时候，经常去打篮球！他当年很厉害呢！"

"别说得那么夸张！"小奥爸爸有些难为情地说。

"是我妈妈跟我说的！"小奥想证明他绝非说瞎话。

"这就是你不再游泳而改为打篮球的原因吗？"艾玛问小奥。

小错小姐的解释

有些爱好会跟随我们一辈子，但是有些会持续到……直到它们结束！

这并不意味着它们不重要，而是我们需要改变。

"不是啦！我之前也不知道我爸爸打篮球！我不喜欢游泳，然后我和我的同学安德烈都喜欢打篮球。"小奥边运球边说。

回忆三个你中断了的活动或爱好，
在第一列写下来。
再在第二列写出这些活动没有继续时你的感受。

活动 / 爱好	感受
....	....
....	....
....	....

小错先生的解释

并非所有的结束都是令人痛苦和焦虑的。

好棒，小奥！

进球啦！

"好棒，小奥！"艾玛拍手欢呼道。

"你赢了！"小奥爸爸拍着小奥的肩膀说道。

小奥得到了爸爸的肯定，感到很骄傲，但同时也有些害羞。

有能力的　　没有能力的

小错小姐的解释

这可能会有些不可思议：当人们表扬你，或者因你某件事没做好而批评你时，你会有同样的感受。这是因为在两种情况下，别人都对你抱有期待。

情绪之屋

你有过这样的经历吗?别人对你的赞美反而让你手足无措,就好像是受到了批评或惩罚一样。

认真想一想那个时候,
写下来当时你的感受,
记在你的情绪之屋中。

小奥转向艾玛："过不久，冠军赛就要开始了，要不要来为我们队加油呀？"

"当然啦！"艾玛热情地回答。她正在上绘画班，恨不得用学到的所有绘画技巧，来做一个漂亮的横幅！

小错先生建议你

你就是自己最大的粉丝，要永远记得哦！

小奥和爸爸打篮球打得筋疲力尽，浑身是汗，但是当他们回家的时候，小奥还是感到十分愉悦。他和爸爸订阅了美国篮球联盟 NBA 的所有电视比赛，并在厨房里挂上一个日历，提醒妈妈，在有比赛的重要日子里，可不要安排别的事情哟。

　　"有相同的爱好可真棒啊！"小奥想。

在这个横幅上写上激励自己、鼓舞自己的口号和标语！

给小奥的
一个消息

终于到了星期二，星期二是打篮球的日子。

今天的训练异常艰难，但是小奥喜欢篮球喜欢到根本感觉不到累。当然，他打得非常棒：在同龄人当中，他算个子高的，毫无疑问，这是个优势，但最重要的是他能够在比赛中一直保持专注，而且他投篮投得非常准。

小奥不仅很享受在球场上挥汗如雨的感觉，他也很享受球场外的氛围：他喜欢在更衣室跟队友们开开玩笑；喜欢尝试着做一做训练图表，在训练之后组织几场小比赛；他也喜欢他的恩佐教练。总而言之，当他打篮球的时候，他总是感到十分开心，当然，他也是球队中最有实力的队员之一。这天傍晚，训练结束之后，小奥和爸爸正准备离开球场，恩佐教练叫住了他们，因为他有一件重要的事要与他们商量。

小奥的测试

小奥要想成为一名更优秀、更受称赞的篮球运动员，
你认为哪些因素更重要呢？请从下表中选出三个你认为最重要的来吧！

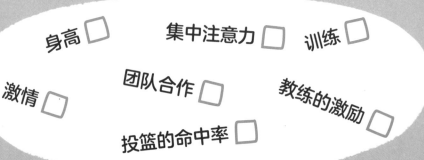

身高 ☐　　集中注意力 ☐　　训练 ☐

团队合作 ☐

激情 ☐　　教练的激励 ☐

投篮的命中率 ☐

现在看看你选的这些因素最终能得多少分，
它们说明了你的哪些特质。

激情 9 分　　身高 8 分　　集中注意力 9 分　　投篮的命中率 10 分
团队合作 9 分　　训练 10 分　　教练的激励 9 分

如果你得了 26 分

你非常相信运气：你做得很好，运气是你的好朋友。你很优秀，
我们只给你一条建议：如果在幸运里再加一点儿努力，
你将会取得非凡的成就。

如果你得了 27 分

你相信直觉和有利的条件：这两项一起成为了你获取成功的左膀右臂。
永远不要停止全力以赴！

如果你得了 28 分或以上

你非常重视坚持和努力：这会赐予你冠军的气质！坚持就是胜利！永
远都是这样的！

"我吗？你确定吗？"小奥问他的教练。教练刚刚提议让他加入少年组。小奥有点儿不敢相信这是真的，但同时也很开心。

　　"我当然确定！"恩佐教练笑着回答，"在最后的几场比赛中，你表现得最棒，而我需要一个预备队员在这个少年组。当然，这需要你父母的同意……"

恩佐教练将目光移向了小奥爸爸。

小奥爸爸听到这个消息也感到很意外，但是，他还没有了解儿子的想法，就马上答应了。

假如你是小奥：
在这一刻，你会想说些什么呢？

那么，你想要在少年组打篮……

是的，当然！

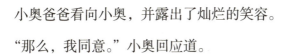

小奥爸爸看向小奥，并露出了灿烂的笑容。

"那么，我同意。"小奥回应道。

"这是一个千载难逢的机会！"小奥爸爸骄傲地看着自己的儿子，"我们应该马上告诉妈妈，我确定她也会同意你进少年组的！"

在回家的路上，小奥很奇怪自己的心理：他也高兴，但却不是特别高兴。

小奥妈妈知道了这个消息之后，她就像对待一个真正的运动员一样对待小奥。

　　每天她都认真地准备适合篮球冠军运动员的三餐和小食。

　　"妈妈，停下来吧！"小奥跟妈妈开玩笑说："我又不是要去打 NBA！"

成语游戏

完成下面两组成语，然后找到那个神秘的词语。
有时候这个词语会让我们感到沉重。它是什么呢?

A 组

1. 以后还有相见的时候，一般用于离别时安慰对方。 后 会 有 ▢

2. 形容达到目的实现理想的时间还很远。 遥 遥 无 ▢

3. 没有约定而意外相遇。 不 ▢ 而 遇

B 组

1. 指擦亮眼睛等待着，形容殷切期望或密切关注

事态的动向及结果。 拭 目 以 ▢

2. 时间不会等待我们，指要珍惜并充分利用时间。 时 不 我 ▢

3. 做好充分准备，等待来犯之敌。 严 阵 以 ▢

参考答案

期待小背包

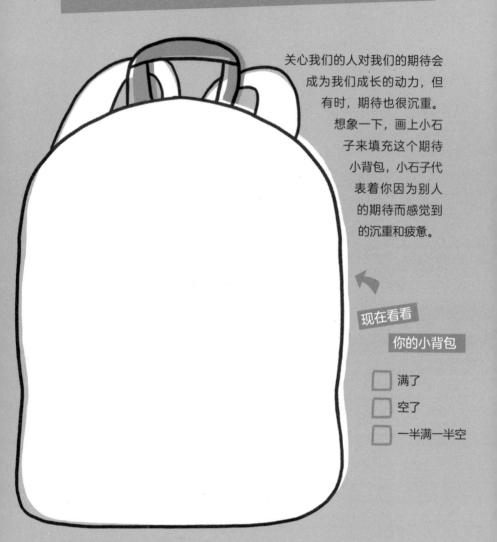

关心我们的人对我们的期待会成为我们成长的动力，但有时，期待也很沉重。想象一下，画上小石子来填充这个期待小背包，小石子代表着你因为别人的期待而感觉到的沉重和疲惫。

现在看看
你的小背包

- ☐ 满了
- ☐ 空了
- ☐ 一半满一半空

如果你的背包满了，那么你很难背着它继续前行，因为你肩上的担子太重了。这时候，试着清空背包：选一个你信任的人，把小背包给他看看，然后跟他讲讲你的……负担。

"我知道，但是连教练也说，吃多点儿维生素对你有好处。"妈妈跟小奥说，并将满满一杯充满营养的、新鲜的果蔬榨汁递给小奥。"下周日你有一个非常重要的比赛，营养均衡的小食能让你精神抖擞地出场比赛！"

　　小奥尝了尝榨汁，他承认非常好喝。但是他没有喝完，他感到没来由的烦躁。但是这是为什么呢？

小错小姐的解释

"天哪！好焦虑啊！"这句话每个人一生中至少说过一次。但是我们怎么知道自己所经历的是否真的是焦虑呢？当你感到烦躁，但你知道原因的时候（比如，你必须参加一次试镜或者测验，但却没有做好充分的准备），这不是"坏"焦虑：一旦引起烦躁的原因消失了，焦虑也会随之而去。当你感到内心不平静，但却说不出原因的时候……那才是真正的焦虑，而且如果你不找个人谈谈的话，就有可能一直处在焦虑的泥潭中！

你的焦虑身份证

如果之前你感觉到了焦虑，你或许想要尽可能快速地将它赶走，并且越远越好。
但是现在到了了解你的焦虑的时候了，给它起个名字。

出生日期
（什么时候开始的）

....

出生地
（你在身体的哪个部位感受到的）

....

特征

....

....

....

....

....

你想象中的它是什么样子的?

在这儿画一画它的小脸蛋!

别号
（给它取个昵称！）

....

从现在开始，如果你感到焦虑……和它谈谈！
用你给它起的昵称称呼它，试着让它成为你的朋友：
这是你关心的事情，所以它很重要，应该更好地去了解它！

在这儿画一幅
你的自画像。
就在你的
焦虑旁边。

我和

（你给焦虑起的名儿）

终于到了新球队比赛的日子。

那天是个晴朗的好天气，但是小奥的心情却不是很好，他甚至提不起兴趣去邀请艾玛为自己加油。

在球场上，他的队友打得非常好。小奥，在他第一次作为新队员的比赛中，一直留在替补席的板凳上，他羡慕地看着自己的队友，但他的胃已经因为紧张扭成了一团。在内心深处，小奥因为不用他上场比赛而感到庆幸。

小错先生的解释

宽慰是我们能够体验到的最甜蜜的感觉之一。它是焦虑和恐惧最强大的敌人！

究竟什么是宽慰呢？试着在词典上查一查它的意思，然后尝试用自己的话讲一讲，在这里写下来。想想什么时候你感受到了宽慰。

宽慰：

当比赛结束的时候，小奥沉默地走进了更衣室，感觉有点儿绝望。他听到有些队员小声嘟囔：他们在讨论他和马克，他之前的队友。他们说，马克也很优秀，而且比小奥的个子还高。或许他们想是不是教练如果选马克，而不是小奥会更好些？

小错小姐建议你

你知道吗，有史以来最伟大的篮球运动员之一——迈克尔·乔丹，在他高中一年级的时候竟然没有被选入学校篮球队！当你每次感到受挫的时候，就想一想这个故事！

"真是一场精彩的比赛！很让人激动！"在他们开车回家的路上，小奥的爸爸感慨道。

"是啊……"小奥小声地说着。

小奥爸爸从后视镜中看了看小奥，想着或许小奥因为没有上场比赛而感到伤心。"你应该有点儿耐心，等着看吧，下次你也会上场比赛的。 到时你必定会大放异彩，一举得冠的。"他试着给小奥一些鼓励和安慰。

小错先生的解释

有的时候，最爱你的人也不能完全理解你，连爸爸妈妈都没有超能力去读懂你的全部心思！但是通过沟通与解释，很容易解开误会。

小奥没有勇气回答爸爸，事实上比起上场比赛，他更想永远坐在替补席上。

有一些你藏在心里没有说出来的事情。把事情藏在心里的风险是有的时候你会缺少空间再去藏其他东西。

不能说的秘密

想一想，有没有过你想要跟某个人倾诉一下，但最终还是没有说出口的时候。
如果有……现在去做还来得及！

31

所以，当下一场比赛，教练
继续让他留在替补席上的时候，
小奥一点儿都不觉得生气。

小错小姐的解释

焦虑也会通过我们的身体表现出来。有些人是肚子，有些人是腿，有些
人是头：每个人都有自己感受焦虑的地方！

当看自己的队友比赛时，小奥心跳得很厉害，汗水浸湿了双手，时不时肚子刺痛一下。

画出你在身体上感觉到焦虑的形状：如果很少，就画一个小点；如果很多，画大一些！如果它出现在好几个地方……想画多少就画多少。

你知道小奥为什么如此焦虑吗？

1. 因为他对自己是队伍里最小的队员而感到羞耻。
2. 因为他害怕输掉比赛。
3. 因为他认为必须让大家看到他是优秀的。

小奥回到家里，妈妈出来迎接他，好奇地问道："今天的比赛怎么样啊？"

　　"不错，不过小奥还是留在替补席上。"爸爸替他回答。

　　"不过，小奥……你看起来有些闷闷不乐！你还好吗？"小奥妈妈发现儿子的情绪有点儿不对劲。

"其实，我不太好……"小奥承认。

小奥爸爸从厨房离开回房休息了。这样，当妈妈准备小食的时候，小奥鼓起勇气，尝试着向妈妈倾诉，从他开始换队时他的真实感受。

对小奥妈妈来说，理由十分简单："不用担心，所有人在刚换到新环境的时候，都会感到烦躁和焦虑，但是这些都会随时间而消失！"

"希望如此吧！"小奥想着。

小错先生建议你

永远不要对一个感到担忧的人说……你不用担心！如果他很烦躁，给他一个微笑，抱抱他或者告诉他你爱他。如果你想让他冷静，可能"不用担心"这样的话不仅不起作用，而且还会让他感到自己不被理解。

接下来的星期日就是小奥出道比赛的日子。当教练提出换人申请，叫出他名字的时候，小奥都没有时间感到震惊。他进入赛场，并且打得非常好！

小奥他们队获胜了，比赛结束时，恩佐教练、小奥爸爸和他的队友们都很高兴，他们都纷纷夸奖他。

成为胜者或是冠军是一件很有
成就感的事情，但也会有压力！
在你看来，什么对一个成功者来说是负担呢？

想一想，
试着在这里写下来。

"看到了吧！你根本就不用担心！一切都很顺利，你甚至还投了个三分球！"爸爸对小奥说。

小奥对自己的比赛表现也非常满意。但是不知道为什么，他还是没法完全平静下来。怎么每个人都在称赞他，还不足以让他的不适感消失呢？

在纸条上写下你希望爸爸妈妈在你焦虑的时候对你说的话，这会让你的焦虑减轻，然后把它放入爸爸的夹克或者妈妈的提包中。如果你愿意，你可以将其命名为"紧急焦虑说明书"，并且不要忘记签名！

紧急焦虑说明书

当你焦虑时打开！

宁愿被
遗忘

又是一个星期一，像平常一样，艾玛和小奥一起去上学。小奥爸爸送他们，与他们聊着天，突然他问艾玛："你从来没见过小奥在少年组的队伍里打比赛，这星期日为什么不来看看比赛呢？"

艾玛转身，疑惑地看了看她的朋友。小奥爸爸刚把他们送到学校大门口，在他转身离开的瞬间，艾玛转向小奥，十分不高兴。"你真的在少年组打比赛了吗？但是你却什么都没有告诉我。"她问小奥。

小奥知道他应该向艾玛解释一下。

就这样，在课间休息的时候，小奥找艾玛继续聊这个话题："对不起，我没有邀请你来看我的比赛。"他沮丧地说。

你家里有一副纸牌吗?

你和妈妈、爸爸或是祖父母一起建造过纸城堡吗?

试一试。观察每张卡片为何不能独立站立,而是要与其他卡片互相支持保持平衡。

是的,想一想!

艾玛有些失望:"为什么你没想告诉我?你知道,为你加油、制作横幅都会让我很高兴的!"

小奥试着为自己辩护:"从我被选为少年组的一员开始,我就很烦躁。 一直坐在替补席板凳上成了对我的折磨:我都想逃到别的地方。"他向她坦白。

"但是,怎么会呢?我以为你喜欢打篮球呢!"艾玛吃惊地说。

小错先生建议你

相互支持很重要。你知道吗,鸭群在迁徙到热带地区的途中,为了抵挡强劲的风力,后面的鸭子会为前面的鸭子欢呼。正是用这种方法,它们一起到达了目的地。

"事实上，我在之前的球队打篮球不是这样的。之前，进不进三分球对我来说一点儿都不重要：打就是了！但是现在跟大一点儿的队友打比赛，就有些难了……"小奥试着解释。

"打断一下，但是对我来说，你真的已经很优秀了！大家都这么说！你以为比赛中会发生什么？会有什么差错？即使你失误了，天也不会塌下来……是不是？"艾玛问道。

你觉得最支持你的人是谁？写在这里，说明你的原因。然后试着告诉他，即使有可能他已经知道了！

小奥想了想，说："那不是重点！你说的都不是篮球，你连篮球规则都不知道！"他粗鲁地说道，他想到了他的爸爸，他知道关于篮球的一切。

随后，小奥意识到他对艾玛有些粗鲁，他尝试着给她解释："我想让别人为我骄傲：妈妈、爸爸、教练……爸爸对所有人说我会成为冠军！但如果他发现事实并非如此，会怎么样呢？"他自问道。

在左边的列表里写出你形容自己的五个形容词
然后问问另外五个人，他们对你的印象。
在右边的列表里写下他们的回答。

我为自己选的形容词	别人为我选的形容词
....	....
....	....
....	....
....	....
....	....

然后观察：你对自己的描述和其他人对你的描述是否一致？
有很多人给你相同的形容词吗？
如果是这样，你可以认为这是你的特别之处！
你会这么想吗？

"你也是一样的，假如你看到我打比赛，你也会认为我没有那么优秀。因为这个原因，我没有邀请你。我知道我做错了，对不起。"

　　艾玛知道小奥现在的处境真的很难，她也想到了她曾经度过的艰难时光。

　　"你不想要点儿吗？"她把自己的三明治递给她的朋友。她不知道她还能做些什么。小奥笑了笑，咬了一口。

小错小姐的解释

成为别人想要让我们成为的人，是一件非常疲累的事情……因为这让我们感觉自己做得并不够好：压力真大啊！然而没有人——就是没有人——是完美的。

连线每一个问题和其发问者。

我是一个
好爸爸吗？

我为明天的大会做
好准备了吗？

我的孙子孙女们
爱我吗？

我有能力向大家展
现一个篮球冠军的
风范吗？

我能藏好
我的骨头吗？

我真的像爸爸
妈妈想的一样
优秀吗？

"你应该和你父母聊一聊。"艾玛向小奥提出了建议。

小奥这几天确实想到了这个主意，但是他怕让他们失望。连他自己也不知道怎么解释自己身上哪里不对劲。

"我觉得他们会理解你的。"艾玛试着说服他，"他们永远会倾听你的烦恼，当然他们这次也会这样做的。"

或许艾玛说的有道理，小奥想。

就这样，当天晚上吃饭的时候，他害羞地开始讲起了这几天他一直想说的话。爸爸妈妈的反应非常善解人意……可以说有点儿过头了。

"我们可以去跟教练说，请求他不要再让你在少年组打比赛了，你不要担心。"他的父母一致提议，他们真的很体贴。

但是小奥感觉胃里那个小结还在：退队不是他想要的，归根到底，那是失败。他想接着打篮球，但是想要像之前一样享受打篮球！

小错小姐的解释

当我们感到焦虑的时候，幻想有人会为我们解决问题
是正常的。但是……这不是真正的解决方案！

"但是我不想换队！"小奥说。

最后所有人得出了一致结论：明天去训练时，小奥和爸爸跟恩佐教练谈一谈。小奥因为终于对父母说出了自己的真实想法而感到宽慰，但是他还是觉得很焦虑，它正藏在自己的肚子里。焦虑到底想要什么呢？

秘密的消息

即使你不能确切地说出你焦虑的原因是什么，
但是如果你感到焦虑，那么总会有一个原因。
事实上，焦虑正在向你发送信息！那是什么消息呢？
在下面的秘密字母表的帮助下，破译神秘词语来找出答案吧。

有什么事情

尝试去

并

一个奇怪的故事

　　小奥和爸爸提前到了训练场地。恩佐教练一般星期二都在体育馆，因为他要指导另一支球队，趁此机会，他们想要和教练谈谈。

　　"你好小奥，你现在在这里干什么？"恩佐教练看着小奥和他爸爸进入场馆，向他们打招呼。

　　小奥和爸爸交换了一下眼神。

"我和小奥想跟你谈一下……"小奥爸爸对教练说。于是他开始跟教练说起这段时间小奥的处境和状态。

　　"……所以，现在小奥觉得有点苦恼，对吧，小奥？"小奥爸爸跟小奥确认道，想要让小奥鼓起勇气，自己接着说下去。

　　小奥非常艰难地开始讲起自己在过去几周内感受到的焦虑：肚子痛、害怕失误，害怕让整个球队，还有那些信任自己的人失望的感受。

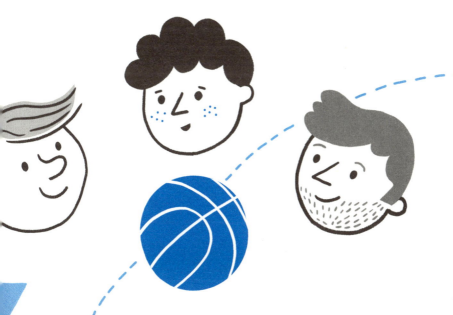

　　恩佐教练认真地听着。然后，他向小奥爸爸投去一个会意的眼神，开始冷静地跟小奥交流。

　　"当我像你这么大的时候，我被选为冠军赛决赛的正式队员。在比赛的前几天，全队都因为焦虑而胃痛，就像你现在所经历的一样！然后我们的教练给我们讲了一个故事。现在我想给你讲讲。

"在很久以前，有一位很有名的将军，在一场重要的战役之前，向他的下属宣布说他曾占卜问过吉凶：卜卦显示他们将全胜归来。然后他补充说，预言已经被写在了羊皮纸上。

"果然，他的军队赢了，但当其中一名士兵拿到羊皮纸偷偷阅读时，他发现上面实际上什么都没写！"

小奥困惑地看看恩佐教练："但是假如预言不存在，他们怎么会取得胜利呢？"

"因为没有什么忧虑使他们分心了。会发生的事终究是会发生的。他们只要做好自己分内的事就好了。"恩佐教练笑着说。

小奥不知道自己究竟理解到位没有，他先看了看恩佐教练，又看了看爸爸。

"他们很强大，但是他们承担着因为害怕而分心的风险。"恩佐教练继续说，"小奥，或许你是不是也在害怕？有没有可能是因为你害怕让我们失望，所以你很有压力，而这是不是在阻挠你打篮球？"

小错小姐建议你

别人对我们有什么样的期待，我们是很难去把握的。
但是不要忘了，假如有人对你有期待……说明他们
认为你是一个有能力和才智的人！

连小奥爸爸都被教练的故事震惊到了，他陷入了沉思之中……

结束了和恩佐教练的对话，小奥鼓起了全部勇气对爸爸说："是的，我觉得我就是害怕让你们失望。对不起，爸爸。"

害怕让别人失望

　　"不，小奥，应该道歉的人是我。我不介意你能不能拿到冠军，我这么说只是以为或许你会喜欢！你获胜还是失利，打得精彩还是成绩平平，你喜欢篮球还是舞蹈，这都不会改变你是谁。真正让我欣慰的是看到你高兴，看着你享受你在做自己喜欢的事情。当你通过自己的努力出现在球队中时，你看起来很高兴，这对我来说才是真正的胜利……"

在这本书的开头，你写过全家人的共同爱好以及只有属于你的爱好。
现在，反过来试着想想妈妈或爸爸是否心里有属于他们的爱好，
但是……你并没有那么在意！
试着给他们写封信，可以写在这里，或者写在一张单独的纸上，
说说你对爸爸妈妈爱好的看法。
由你来决定要不要让他们读！

小奥笑了，这是发自内心的真诚的微笑。他终于感觉到身体不再沉重无比！他不用再拖着沉重的身体完成训练了！他感到非常轻盈！

拿一些旧报纸，尽可能多地剪下微笑和大笑的嘴巴。

然后把它们藏在房子里：书柜里，抽屉里、鞋柜里，挂在门上，甚至放在冰箱里！

房子里可能会有很多漂亮的装饰品和家具，这样你就会忘记你把它们放在哪里了。

想想在你面前发现了一个微笑的惊喜！

（再想想如果你的家人找到了它，那对他们来说将是多好的礼物啊！）

星期日是比赛的日子，体育馆的看台上座无虚席，观众席里还有小奥和艾玛的父母，他们举起漂亮的横幅，为小奥加入的新球队加油助威。

　　比赛十分令人激动，两边的球队都很有实力，这次，小奥上场的时间很长，他努力发挥自己最好的水平，他甚至还能在现场观众的呼喊声中做很多高难度的投篮动作。

小奥，你是最棒的！

最终，小奥的队伍以几分之差惜败，但在代表比赛结束的哨声吹响之际，教练祝贺他的孩子们：虽然没有赢得冠军，但是他们打得很投入，这是一场精彩的比赛。小奥也表现得非常棒！

小错小姐的解释

胜利当然是美好的。
但是享受比赛才是真正的美好！

在更衣室的出口，艾玛正在焦急地等着她的朋友。

终于小奥顶着乱乱的湿发出现了，艾玛欢呼着向他跑过去。"你们虽败犹荣！太令人激动了！我都想开始打篮球了！这场比赛真的是太精彩了！"

小错先生的解释

一切都会变好的。如果目前你感到事情进展不顺利，这仅仅意味着这件事还没有结束。你应该树立信心：最终一切都会解决的！

"你当然可以尝试打篮球，这样我就能挑战你了，而不是挑战爸爸，他现在总是输给我！"

　　"这不是真的！我时不时也能投中呢！"小奥爸爸眨眨眼反驳他。

　　小奥妈妈看着小奥：终于见到他高兴的样子了，而不是前几周那副忧愁的样子。

　　你记得你烦躁、焦虑或是忧愁之后，
　　你所担心的事情最终得到解决的时刻吗？
　在这里写下来。当你觉得前路充满困难的时候，回来再读一读！

　　"那么，现在你对你的比赛满意吗？"当他们开车回家时，小奥妈妈问。

　　小奥想了想，他终于意识到胃里的那个小结不见了。他出了很多汗，但这仅仅是因为他上场跑了很久！他真的很棒！

小错小姐建议你

当一个人做某事时，
与其问他做得好不好，
不如问他是否对自己满意！

但最重要的是，即使他的队伍没有获得胜利，即使他觉得还能做得更好，他依旧感到很快乐。

"是的！我非常满意！"小奥边说边绽放出灿烂的笑容，他的肚子又咕咕地叫了起来，不过这次是因为他很饿了。

埃迪老鹰的故事

请爸爸或是妈妈帮助你找到埃迪"老鹰"的传奇故事。
他是历史上第一位参加冬奥会跳台滑雪的英国运动员。
如果你喜欢这个故事，也分享给其他朋友吧。
人们甚至还拍了一部关于他的电影，叫作《飞鹰艾迪》
所以你还可以和家人来个"电影之夜"：
一起欣赏这部佳作吧！

"但是假如我现在不尽快吃一个你做的超级活力健康的
三明治，我就再也没力气投篮了！"

帮助小奥拿到他应得的超级能量三明治！

你喜欢读这个故事，
和这本书一起玩儿吗？

选一张小脸！

在这里写下
你学到的知识，
还有留给你印象最深的内容！

内 容 提 要

《艾玛和小奥的情商故事》共4册，各册为《找回自信》《赶走焦虑》《战胜偏见》《团队合作》，通过艾玛和小奥的故事，让孩子了解什么是自信，如何面对偏见和焦虑，怎样让团队合作更有创造力。

图书在版编目（ＣＩＰ）数据

艾玛和小奥的情商故事. 赶走焦虑 /（意）斯特法妮娅·安德烈奥利著 ；（意）伊拉里亚·法乔利，（意）伊曼纽尔·吉波尼绘 ；周洋译. -- 北京 ：中国水利水电出版社，2022.1
ISBN 978-7-5226-0321-6

Ⅰ. ①艾… Ⅱ. ①斯… ②伊… ③伊… ④周… Ⅲ. ①儿童故事－图画故事－意大利－现代 Ⅳ. ①I546.85

中国版本图书馆CIP数据核字(2021)第263760号

IMPARIAMO A SBAGLIARE! Emma e Dario incontrano l'ansia
© 2020 Mondadori Libri S.p.A., Milano under the imprint of Fabbri Editori
Text by Stefania Andreoli
Illustrations by Due mani non bastano - Ilaria Faccioli e Emanuele Gipponi
Collaboration on the texts with Antonella Antonelli
The simplified Chinese translation rights arranged through Rightol Media (本书中文简体版权经由锐拓传媒旗下小锐取得 Email: copyright@rightol.com)

北京市版权局著作权合同登记号：图字 01-2021-6281

书 名	艾玛和小奥的情商故事（全4册）
	AIMA HE XIAO AO DE QINGSHANG GUSHI (QUAN SI CE)
作 者	［意］斯特法妮娅·安德烈奥利 著　　周洋 译
绘 者	［意］伊拉里亚·法乔利　［意］伊曼纽尔·吉波尼 绘
出版发行	中国水利水电出版社
	（北京市海淀区玉渊潭南路1号D座　100038）
	网址：www.waterpub.com.cn
	E-mail: sales@waterpub.com.cn
	电话：（010）68367658（营销中心）
经 售	北京科水图书销售中心（零售）
	电话：（010）88383994、63202643、68545874
	全国各地新华书店和相关出版物销售网点
排 版	北京水利万物传媒有限公司
印 刷	河北文扬印刷有限公司
规 格	146mm×210mm　32开本　8印张（总）　160千字（总）
版 次	2022年1月第1版　2022年1月第1次印刷
定 价	159.00元（全4册）

Books Bear

布克熊

艾玛和小奥的情商故事

找回自信

［意］斯特法妮娅·安德烈奥利　著

［意］伊拉里亚·法乔利

［意］伊曼纽尔·吉波尼　绘

周洋　译

中国水利水电出版社
www.waterpub.com.cn
·北京·

亲爱的小读者们：

当你用一只手以最舒服的姿势握着这本书时，请允许我拉住你的另一只手，陪你进入等待你的书页中……就是这样，他们等的就是你！

在这里，你会找到一个故事（毕竟，这是一本书啊！）。而这个故事很可能发生在你或是在你这个年龄段的任何小朋友身上。请享受这个故事：到目前为止，我相信你知道你要做什么。

但是当你阅读的时候，最特别的就是你会遇到小错小姐和小错先生，他们有许多事情要告诉你，还有许多游戏和练习可以让你充满个性地体验这本书：这是一本关于自信的书，也就是无论在什么条件下，都有能力相信自己可以做到。对于那些只有一点点信心的人来说，他们会感觉到不安全感，但是假如对自己有过多信心，那么他就会变成傲慢的人。

谁拥有这本书，他将会成功摆脱关于自信的困扰。

——斯特法妮娅·安德烈奥利

亲爱的家长们：

您把这本书送给了一个才华横溢的人！

我为什么会知道？很简单：因为所有的孩子都是！但有时候，我们大人会错误地认为，教育孩子就是把他们培养成我们想要的样子。对孩子身上与生俱来的美好和纯真，我们假装视而不见。更要命的是，似乎……我们不允许他们走弯路，不允许他们有犯错的余地。

这是多么错误的做法啊！鉴于此，我们写了这样的一套书。希望孩子成长路上的绊脚石成为珍贵的宝石，一次次挫折成为滋养他们的土壤，磨砺出他们自我解决问题的本领。

事实上，我相信，在生活中，您也会有犯错的时候，不是吗？毕竟，人非圣贤，孰能无过，我们大人也是在错误中学习的。

让您的孩子按他喜欢的方式阅读本书吧。然后过段时间，问问他是否愿意和您一起共读。

——斯特法妮娅·安德烈奥利

一个重要的尝试

"妈妈，我走啦！"小奥边喊边把门关上，小步跑下三楼。这天是个好天气，他很想骑自行车出门，但是他的朋友艾玛想找他帮忙，那是让艾玛十分在乎的一件事。

到底艾玛遇到了什么麻烦呢？

丁零零零零零……

门开了，迎面是艾玛妈妈微笑着的脸。

"你好，小奥，欢迎！快去艾玛的房间吧，她正等着你呢。"艾玛妈妈边说边指向一间紧闭着的屋子，那是小奥再熟悉不过的房间。艾玛和小奥从小就是好朋友，两人经常互相串门，时间一长，艾玛的家成了小奥的家，而小奥的家也成了艾玛的家。

小奥在艾玛房间的门后露出了小脑袋，他被眼前的景象吓了一跳：地板上、书桌上堆满了画纸、铅笔，还有记号笔和各种颜色的画笔！发生了什么事？

帮助小奥成功走出
这个迷宫吧！

你成功了吗？ 是 否　　你玩儿得开心吗？ 是 否

　　艾玛从今年开始，每周四都去参加绘画兴趣班。一提起绘画班，她总是兴奋不已。事实上，她也画得很棒！

　　小奥并不是很喜欢绘画，也从来没觉得自己擅长绘画。

小错小姐建议你

通常来说，对于自己喜欢的事情，我们会做得更好。
像艾玛，她喜欢画画，所以也画得很好。
我们更愿意做自己擅长的事，这再正常不过了。

身 份 证

填写你的个人信息，贴上你的照片或画一幅自画像，然后签名。这样你就得到了一个属于自己的身份证！

姓名

· ·

年龄

· ·

我在这些方面很擅长

· ·

· ·

我在这些方面不是很擅长

· ·

· ·

· ·

签名

但是他非常热衷于打篮球和骑自行车！不过，他知道今天那辆闪闪发光的自行车只能待在车库里了。

　　在艾玛进行艺术创作的期间，小奥找到了一件可以自娱自乐的事：剪拼贴画！他从旧报纸上剪下喜欢的图画，并把它们粘贴在一起。通常，拼贴后的效果都不差，更何况还不用拿着笔！

试试新的东西吧！

小错先生建议你

即使我们非常喜欢或是擅长某些事情，

但我们不能只做自己擅长的，

这样我们就永远学不到新知识。

"你终于来啦!"艾玛兴奋地对小奥说:"你记不记得我跟你说过的年末画展?"

"当然啦!"小奥回答:"这几天除了画展,你都不聊别的了,想忘也忘不了啊……"

"好吧,我发现这个画展有一个专业的评委团,他们会给最美的自画像颁奖,这是一件非常重要的事情。但是我真的不知道怎么画自画像,我能做到吗?"艾玛一口气说了很多。

在小奥看来，艾玛停下来只是为了喘口气。他对朋友的不安感到疑惑。他想对艾玛说她一定能做到，但是他知道只是这样安慰还不足以让艾玛冷静下来。

我能做到吗？

你会怎样回答艾玛的问题来帮助她呢？

艾玛接着说："小奥，你说实话，你觉得怎么画会更漂亮呢？上色是用水粉，还是彩铅呢？要不然就画黑白画？照着镜子画会更像，不过还是让我妈妈用手机简单拍照，我看着临摹一下呢？你是我的话，你会怎么做呢？而我是评委的话，我会给什么样的画颁奖呢？"

小错小姐建议你

可能你不会相信，
但是建立自信最好的方法就是
——帮助别人！

小奥不知道怎么去回答这一连串的问题，但他很想帮助他的朋友。快点儿，快点儿……快想想最合适的回答是什么呢？

给处于困境的人一个鼓励吧！
对艾玛来说，
下面哪个才能给予她鼓励呢？

进入大脑，观察大脑！

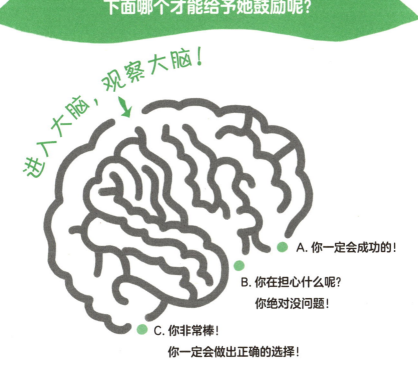

A. 你一定会成功的！

B. 你在担心什么呢？
你绝对没问题！

C. 你非常棒！
你一定会做出正确的选择！

你走到了哪个回答？
这个游戏难吗？ 是 否
对你来说，这些鼓励意味着什么？
小错先生来帮你理解！

小错先生的解释

爱我们的人经常在我们遇到困难的时候，给我们类似于上面的鼓励。
这些鼓励都很相似，也很容易想到，但是很可惜，它们并不能起到多少
作用。当我们担心或是感到不安时，告诉我们不应该做什么是没有用的，
我们依旧会感到担忧和不安。不安全感不会因为拍拍背而消失，不是吗？

13

就在这时，艾玛的妈妈端着美味的橙汁走了进来。

"来得太及时了，真是我的救命稻草！"小奥想着，一口气喝完了橙汁并重重地放在桌子上。有几滴橙汁溅在了画纸旁边。

"你小心点儿！"艾玛着急地喊道，迅速移开了画纸。

艾玛妈妈看了看艾玛，对她说："或许你需要休息一下，你们去院子里玩一会儿吧，这样你也能分散一下注意力。"

艾玛有些难过，但是小奥现在知道要怎么安抚艾玛了，大人们总会给出有用的建议。

"我同意你妈妈的话，艾玛，我们可以去院子里骑骑自行车，转一转，然后你再想想那些画儿。"

开心消消乐

小错小姐收罗了一箩筐会让我们感到开心的东西。哎呀，不好，有三个坏家伙居然趁小错小姐不备，乘虚而入。它们可不会给我们带来快乐，你能把它们找出来吗？

宠物　运动　争吵　抚摸　孤独　舞蹈　朋友　懒惰　喜欢的事物　陪伴　大笑　拥抱

参考答案

据说你的体内藏这三个坏家伙了吗？它们分别是争吵、孤独、懒惰。

当其他让我们感到开心的东西聚集在一起回到阳台上，小错小姐将把它们一一起为我们送来快乐。

内啡肽是大脑产生的化学物质，可以让你感到精力充沛、开心快乐。游戏和运动（室外运动尤佳）、喜欢的事物、喜欢的人给予的陪伴、音乐、抚摸……这些都能帮助大脑产生内啡肽。当你感到疲惫、伤心，或是失去动力的时候，想想怎么样能够产生内啡肽！

艾玛碰都没有碰橙汁，在她妈妈离开房间，关上门的那一刻，她担心地摇了摇头，说："你什么时候开始跟我妈妈一伙了。"

在灯泡里写下来或者画出能启发你产生内啡肽的东西。

"你知道吗，这个画展有好几个评委，让他们认同自己的画作可一点儿都不简单。我刚准备用一种画法，马上又想着也许另一种画法更好，就这样，反反复复、来来回回，根本做不了决定。我真的很想知道，换作是你，你会怎么做呢？"

当你自信满满的时候，感受一下你的身体和情绪，然后在下面描述一下。记录不同时期的不同经历，你会意识到总会有很多机会让你感到快乐。意识到这些也不是一件坏事！

⭐ 日期：

今天我尝试了
....
....
....
....

🍀 日期：

今天我尝试了
....
....
....
....

✏️ 日期：

今天我尝试了
....
....
....
....

💚 日期：

今天我尝试了
....
....
....
....

小奥叹了一口气：如果不尽快找到一个帮助艾玛的方法，整个下午就毁掉了。所以小奥努力地尝试着去说服艾玛跟着他的思路。

　　"嘿，艾玛，"小奥用他最有说服力的语气对她说，"大家都知道你是绘画班里最优秀的，你甚至比比阿特丽斯更厉害，就是我们班那个喜欢显摆的同学。"

选一个你喜欢的人，让他在这里写下你的特长。如果你能忍住好奇心，不要马上看。等到晚上准备入睡说晚安之前，再享受一下他写的话。

"我才不信呢，她自画像画得那么好，而且她还比我大一岁！"

"你在说什么呀！看看这些画，多漂亮！"小奥伸出小手，指向艾玛房间墙上挂着的图画。

"这些画才没有你说的那么好，它们只是出自一个孩子之手，又不是优秀画家之手。"艾玛绝望地说。

小错先生建议你

每当你感到没有安全感的时候，重新读一读欣赏你的人给你留下的话，他们会鼓励你，他们喜欢你。如果可以，你也可以打印下来，放到你的口袋里或者夹在日记本里，时常带在你身旁。相信别人为你精心挑选的话语真是一件很美好的事！

这次小奥的回答坚定有力："但是艾玛，你就是孩子啊，但同时你也是一个优秀的画家。"不可思议的是，这些话语平复了艾玛的情绪。

找个最舒服的姿势：放松一下你的腿、背，还有脖子。

现在，想想你经历过的某个最黑暗的时刻，假如在那个时候，你感受到的担忧和不安全感有大小，按你的感受，把下面的圆圈涂黑。然后想一想，假如现在让你回到那个黑暗时刻，你感觉到的担忧和不安全感有多大，按你的感受，涂黑圆圈。

圆圈缩小了吗？

巨大　大　中　小　无

艾玛请小奥等她一下，便离开了房间，等她回来的时候，手里多了一个红色的自行车头盔。在前一秒，让艾玛心平气和完全是不可能的事，但是现在她感觉好多了，并且准备好去院子里玩儿了！

有的时候小奥是天才，虽然他自己没有意识到。

小错小姐建议你

记住，今天给你带来不安全感的东西，这些都能自我转化和自我解决！

艾玛的困惑

一个月过去了，又是一个星期四下午，艾玛的保姆乔瓦娜开车送艾玛回家。当乔瓦娜像往常一样和她聊天时，发现艾玛心不在焉。艾玛还是不喜欢她的画，她感到糟糕透了。

雨滴顺着车窗慢慢滑下来，这让艾玛联想到很多画面。

"这灰蒙蒙的天气正是我现在心情最完美的写照。"她想。

　　不管是在课上还是在家里，她尝试了所有的绘画技法：彩铅、水粉、水墨、拼贴……

或许水粉自画像会更受评委的喜爱，因为这种画法最需要技巧。她的绘画老师多拉还没有教他们如何用画笔把颜色晕开。"但是如果我用这种复杂的技法，效果一定会更好！"她充满希望地想。但是过了一会儿，她又有了其他的想法："我真的像妈妈说的那么优秀吗？优秀到连自己从来没有做过的事也能做好吗？"

小错先生建议你

如果你有想做但是还没有做的事，
当你无聊的时候，不妨试一试！

有没有什么挑战或是练习，
让你开始怀疑自己的能力？这时候，
最好的方法就是直面它，而不是装作它不存在！

为了能够开始你的挑战，首先选一个能给你带来好运的幸运符，
比如，一个可以放在口袋里的小物件。虽然它不会替你做任何事，
但是它会给你带来一点儿魔法，使你相信自己也能拥有像
超级英雄一样的神秘力量！

这里有一些幸运符

在这里画出你的幸运符

艾玛一直觉得自己十分擅长画画，很小的时候，她的绘画天赋就表现了出来，她的画总是受到人们的称赞。但是现在这份自信似乎消失了。最近画画不但没有让她开心，反而让她心情低落，而且她不喜欢自己画的所有东西。

这都是那个该死的展览的错！

在这些空白处

写下或画下

你最喜欢的食物

你最喜欢的香味

你最喜欢的风光

　　这是艾玛的画第一次被不认识的人评价，这些人会喜欢我的画吗？艾玛不知道，她只知道，现在当她画画的时候，她再也不像以前那样感到自由和快乐了。

　　乔瓦娜从后视镜里关心地看着她。艾玛的沉默让她担心：这几个星期，她一直都闷闷不乐，也不再给她看新画的画了。

　　"今天的绘画班怎么样呀？"她试着问了问艾玛。

　　艾玛没有回答。

你喜欢的声音

你喜欢的短袖、运动衫或是毛衣。

这些都是跟你五感有关的偏好。
　　翻页看看小错小姐会
　　告诉你什么新知识。

"你知道我之前在想什么吗？去年你给我画的肖像画，我把它挂在了我家门口，那幅画和我一模一样！你是怎样把我画得那么好的？我甚至都没有摆姿势！"乔瓦娜接着说。

"我有一张你的照片。而且我很了解你，我经常见到你。"艾玛有气无力地回答。

"不管怎样，你真的很棒。"

"这不客观，你是我的保姆，你喜欢我……更何况你也不是艺术评论家！"

艾玛有些吃惊：她从来不会这么无礼地回答问题，对任何人都不会。平常她温和可爱，而且她没有什么理由变得如此脾气暴躁。

　　"对不起，乔瓦娜。"

　　"我原谅你了，艾玛。但是告诉我，发生什么事了？"

　　"我非常担心。我害怕我会失败，这之前，我一直做得很好。"

　　"这不是因为你不会画画了，我觉得是因为你不再那么享受画画了。"

朋友的一个建议

　　这是一个星期日的下午。小奥快坐不住了，他在凳子上晃来晃去。如果他在家这样的话，一定会挨妈妈的训。他感觉自己像一只被锁在笼子里的狮子：画画让他很无聊，但是艾玛除了画画又不做别的。其实她已经默默地画了很久了。

　　"这雨怎么还不停啊？"小奥站起来看看窗外，发起了牢骚。

"我等不及要到院子里玩儿了!"

"这是你第四次看雨有没有停了,"他的朋友吼道,"你这样会让我分心的,也帮不上我什么忙!"

"但是我一直试着帮助你：我在这儿一直陪着你呢！但是这对你来说一点儿用都没有！"小奥叹了口气，"你的水墨自画像太过于严肃了，而彩铅画的用色又过于单一……

找一找，剪一剪

这三幅图是你希望的别人眼中的你。不要拘于形式，你可以是物品、外表、风景，任何你能想到的！然后在这里贴上，并装饰一下画框。

你说那张照片显得你鼻子太大了，好，就算是吧，可我给你建议你又不听。真的，我真的不知道该跟你说些什么了！"

艾玛觉得小奥一点儿都不理解她，但事实并不是这样的。小奥知道艾玛不想出丑。他也经历过这样的事情，当他的教练让他在大孩子队里打篮球的时候：一方面，他很高兴能被选中，但同时又很紧张，变得胆怯起来；另一方面又想要证明自己可以的，不想让关心他的人失望，而且要让那些嫉妒他的队员闭嘴……这真的很累！

这三个丑陋的怪兽代表了我们时常面临的恐惧。

试一试用有趣的方式给它们上色，

给它们画上小胡子或者犄角，

让它们变得滑稽一些；用一些心形物、

小皇冠和连衣裙来装饰，让它们看起来不

那么丑陋、可怕。很快你就会看到，

它们变得不再那么可怕了！

三个怪兽!

　　"不过，话说回来，你一定要参加这个比赛不可吗？"
小奥小心翼翼地问。

　　"你这是什么问题？！当然啦！所有人都参加！而且我
敢肯定我的父母也很在乎这次比赛。"艾玛紧张地回答他。

　　"就因为这个，你就要不惜任何代价获奖吗？"

　　艾玛意识到，她从来没有想过这个问题。或许小奥说
得有道理？

　　"我不知道，"艾玛承认道，"但是有一次，我听妈妈跟她的朋友解释说，我之所以不演奏乐器，也没什么擅长的运动，是因为我是一名艺术家。她说这些话时的语气很奇怪，就好像这件事很难让别人理解一样。如果，我的画能拿第一名，那样大家就明白了我为什么要参加绘画班，而不是，嗯……舞蹈班什么的。"

小奥不知道艾玛到底在说什么，艾玛也有些恍惚："你认为，我参加绘画班是一件奇怪的事吗？就是说……你上篮球班，而我上绘画班。"

　　"我觉得没有什么奇怪的。如果你收集你妈妈给你剪的脚指甲，那倒是一件奇怪的事。"

　　"你在说什么呀，小奥？！"

　　两个人捧腹大笑。

　　"好啦，快来帮我选一下参展的画儿。"

"这些画中你最喜欢哪一幅？"小奥问艾玛。

这问题有些猝不及防，艾玛看着铺满写字桌的画儿，这是她这几天努力的成果。她一直都在挑评委眼里完美的画作，但那并不是她自己喜欢的。

小错小姐建议你

只有让你满意的结果才是最好的结果！

你最引以为傲的时候是什么时候？

_____

_____

_____

_____

_____

_____

　　"我不知道……"艾玛痛苦地回答，"但是我决定了，我要带那幅用水粉上色的画。因为这种画很需要技法，而且同时也能展示我的能力。"

　　小奥不确定地看着朋友手里拿的画，但是他决定相信艾玛。通常艾玛知道自己在做什么。

小错先生的解释

过程和终点一样重要。满足感不仅仅取决于到达终点的那一刻，还取决于我们是如何到达终点的，以及我们在克服困难的过程中收获的点点滴滴。

你的寻宝路线是哪一条

如果你选择了路线 A：
你可能是一个没有耐心的人，
你急于达到目标，不能忍受路
线偏差和时间上的浪费。
但是这样你可能会失去一些惊
喜邂逅，再好好想想?

如果你选择了路线 B：
你可能是一个积极的探索者。你知道通向终点的路也许会有
意外，但你享受旅途本身。与你同行是一件很美妙的事。

如果你选择了路线 C：
或许你是一个比别人要求的还要付出更多努力的人，你总是觉得自己做得不够。
试试节省一下你的时间和精力，这样你就可以利用省出来的时间和精力做自己喜
欢的事，要不……休息一下也不错哦!

担忧
持续上升

又是一个周四的下午，艾玛的绘画课程快要结束了，这就意味着离画展开展的日子也越来越近，所有人都很激动兴奋。在堆满颜料和铅笔的大桌子上，小艺术家们正在完成他们的作品。他们的老师——多拉，忙着穿梭在学生之间。所有的学生都在叫她，因为她的帮助可以让他们心安，而且也会使他们更有信心。

"多拉老师，你能帮我选一下背景色吗?

"多拉老师，你知道是谁拿了我的水粉吗？"

"多拉老师您来一下，我找不到适合这双眼睛的颜色了！"

"多拉老师！马蒂尔德模仿我的画！"

她突然听到了最令人担忧、紧张的问题。

"多拉老师，我不再喜欢我的自画像了，我能重新画一

幅吗？"

谁是你的抗压人？
在你压力大的时候能让你得到平复的人。

选一张你们的合影，确保照片里的你们微笑着，放进一个可爱的相框里
（或者你自己亲手做一个），然后放在你小屋里的衣柜上。
当你受挫沮丧的时候，看一看它！

问她的学生正是艾玛，她的作品并不差，但她选择了难度更高的水粉画。

　　多拉老师觉得这样有些操之过急，或许是因为这个原因，她的画不像平常那样好看了。

　　她知道所有的学生都很喜欢画画，但同时她也意识到，这个年末画展多多少少改变了班级的氛围。

　　"我可以重画吗？"艾玛坚持问道。

  "不不，这样就很好了。不过你可以试试让画像变得笑脸盈盈，你觉得怎么样？"多拉老师尝试安慰她，给她信心，当然也是因为艾玛没有时间再重新画一幅自画像了！"你觉得我的画像看起来开心吗？"比阿特丽斯插嘴问，并把自己的画完全盖在了艾玛的画作上。

  多拉老师刚想要说些什么，突然，嘭的一声！

因为这声巨响，所有人都转过身，原来是大卫摔倒了，他身上全是画纸，还有各种颜色水粉的污渍，幸亏他没有受伤。所有的孩子都爆发出笑声，其中大卫笑得最开心。

"大卫！你的自画像上溅了污渍！"比阿特丽斯在收拾画纸的时候发现大卫的画有些奇怪。

"哦，没事的，这没什么大不了的，我会试着修补一下的！"他高兴地回答道。

绘画课就这样结束了，小朋友们的爷爷奶奶、爸爸妈妈、保姆们都过来接他们。多拉老师趁空在跟艾玛单独谈话。

"艾玛，我觉得你过于担心这次的画展了，怎么回事？"多拉老师问。

"我现在都不知道我还喜不喜欢画画了……我不想被我不认识的人评价。"

小错小姐建议你

当你感到非常没有安全感的时候，可能是因为你的压力超负荷了，你不能再承受更多的负面情绪。如果你意识到自己不能再消化这些情绪，快去找你爱的人，跟他说说看吧！

多拉老师安慰道:"或许你太夸张了,这不是一个竞赛……"

"这当然是一个竞赛!正因为如此,我才选择了最难的技法。现在,你不喜欢我的自画像,我也不喜欢!"艾玛说完便开始大声哭泣。

在这个容器上画上你的不自信程度。用铅笔在旁边标上日期,这样你就可以做很多次这项练习了。

不自信
的
程度

MAX 100
90
80
70
60
50
40
30
20
MIN 10

多拉老师抱抱艾玛，她想起来了她在学院展示自己考试作品时的感受。她知道从信任的人身上获取鼓励是多么的重要。

"你知道，艾玛，"多拉老师试着平复艾玛的心情，"挑战十分重要，但接受挑战的同时也意味着你也有失败的风险。不过，在这种情况下，即使只有一位冠军，也并不是说剩下的人都是失败者：明年我们还会在一起，继续画画，继续开心。"艾玛不哭了，认真地听着多拉老师的话。

　　"要永远记住你对绘画的热情。"多拉老师继续说，"这样，你就不会因为要变得优秀而焦躁不安，你会乐在其中。很遗憾你不喜欢自己的画，因为不管多少次，要是自己评价自己的作品，我们是永远不会满意的。"

小错小姐的解释

　　每个人时时刻刻都在改变。有时，弱点会变成优点，我们边成长边经历着改变，有时是积极的改变，有时是消极的。不过这些都很正常，重要的是我们在改变。

艾玛想到了小奥，他也建议她选一幅自己最满意的自画像。现在她终于明白了：对她作品最有发言权的应该是她自己，最应该为她作品感到自豪的，也是她自己。

现在轮到你啦！

用你喜欢的方式画画你自己，试着不仅突出你的外形，也把你的特长和爱好表现出来。当然，也可以画出你的不安全感和你想提升的方面。

画完后，
试着评价一下。
哦，我不是说绘画技法，而是画中那个你想成为的人。

在这里写下
你的评价。

现在，请父母帮忙在日历上标一个日子，大概距现在半年的某一天。等到了那天，重新完成一幅自画像，和现在的做一对比：你在哪些方面发生了改变，又在哪些方面保持原样？

在这里写下你的改变。

皆大欢喜的结局

欢迎参观画展！

教室门口悬挂的横幅宣示着这个重要日子终于来临。艾玛和同学们都很激动，不过只有大卫一个人表现了出来：他喝了一杯果汁，还把短袖给弄脏了。不过大家都像什么事也没发生一样，除了大卫的妈妈。

多拉老师重新布置了教室，同学们都感到很新鲜，还真有看画展的感觉，而且是多位著名艺术家的画作共同展出！多拉老师真了不起！

孩子们的父母和朋友骄傲地欣赏着一幅又一幅画。其中也包括小奥，他是被艾玛邀请而来的，他十分惊讶：原来大家的作品这么漂亮，他更没有想到的是，看画展的人会有这么多！

多拉老师让大家安静，然后开始了她的发言。

"欢迎大家来参加本次画展。首先我想说，我对我的学生们非常满意，他们努力勤奋，他们所获得的成就无与伦比。而且，我们准备了一份奖品。获奖的学生可以免费参加明年的绘画班，我多么希望所有人都是冠军！事不宜迟，现在有请评委发言。"

有三个人在人群中从不同方向一齐走向多拉老师。

"我根本没想到竟然是他们！"艾玛小声在小奥耳旁说道。

"那你以为是谁，火星人吗？"

"当然不是！"艾玛笑着说，"但是……他们跟我想的不一样。幸亏之前他们站在我画作面前时，我不知道他们是谁，要不然我会非常焦虑的！"

"嘘！"比阿特丽斯提醒他们安静。这时，三位评委中，满头银发的小胡子先生向前走了一步，开始了他的发言。

"大家好，我们是学院里的三位美术老师，多拉曾是我们的学生。我们非常感谢她邀请我们做这次画展的评委，这是我们的荣幸。在这里展出的所有作品，我们都很喜欢，我们真的很难做出选择。不管怎么样，从颜色搭配和技术角度出发，我们都同意，这里有一幅画原创性和创意性都非常高。"

艾玛和比阿特丽斯的眼神交汇到了一起，她们都暗自希望自己是最终的胜利者。

过了几秒钟，评委宣布："获奖的自画像是……这幅！"

在场的每一个人都将目光投向获奖的画作，并互相小声询问这是谁的画。

绘画班的同学们当然都知道这是谁的画作，他们大吃一惊：没有任何人想到竟然是他！

"是我的！是我的！"大家听到人群中传来兴奋的声音。

是大卫！他惊讶地叫起来，脸上带着灿烂的笑容，和他的自画像一模一样。

所有人都报以热烈的掌声，并向他表示祝贺，其中也包括艾玛和比阿特丽斯。这两个小女孩很惊讶但也很高兴，就这样，最后几天的紧张感好像都烟消云散了。

她们拥抱大卫，跟他握手，就像大人一样。

小奥也向大卫表示祝贺："恭喜你，你太棒了！但是你是怎么想到画一张都是斑点的自画像的呢？"

这是一件发生在 1992 年"欧洲杯"时的神奇事件！在大人的帮助下了解更多，如果你喜欢这个故事，向不知道它的人讲一讲。

新闻日报 {1992.6.27}

永不言弃！

昨天丹麦获得了冠军！

"欧洲杯"决赛，丹麦击败世界卫冕冠军德国，获得意料之外的胜利！这支球队的历史真的令人难以置信。就在"欧洲杯"决赛的前十天，他们被要求代替另一支球队，有几名丹麦球员不得不从假期中赶回来，但没有人接受过足够的训练。这支球队随后发现自己要与强队交手，但他们还是成功进入了半决赛，并且在点球大战中击败了最热门的荷兰队。

在决赛中，他们以 2-0 战胜德国，踢出了一场非凡的比赛！谁曾想到？！

"这是马基亚伊奥利画派*曾经使用过的技法，非常出名。多拉老师向我们介绍过。"比阿特丽斯接过话，严肃地说。

　　"其实这叫凳子摔倒技巧！"大卫笑着说。他到现在还不敢相信自己的画获奖了，不过他也很在乎事实："在课上，当我在凳子上晃来晃去的时候，我失去了平衡，摔在了地上，然后颜料溅到了我的自画像上。不过我从地上捡起来看这幅画的时候，我突然意识到，或许这污渍是我的一个机会：与其掩盖这些色渍，还不如将它们大方地展示出来！这很有趣！不过我真的没有想到我会获奖！"

*马基亚伊奥利画派是 19 世纪意大利现实主义画派。马基 (Macchie) 在意大利语中意为斑点，因为该画派很多作品以对比鲜明的色斑色块构成 ，故此得名。

看看这污渍

瓶子倒了，瓶子里的东西散得满地都是。瓶子里洒出来的东西
会是什么呢？它能变成有用的或是积极美好的东西吗？
它可以是喂小猫的牛奶，或者是浇花的水……发挥你的想象力！
用铅笔、颜色和一点儿想象，从上面的小猫中得到启发，
你也尝试画一个场景。化腐朽为神奇！

"非常棒，大卫，你说出了一个很棒的事！"多拉老师热情地抱住了他，"你没有因为意料之外的事情而垂头丧气。重要的是，你玩儿得很开心，你让大家也很开心！"

艾玛回想起多拉老师的话，她终于意识到即使她的画作没有获奖，被评价的也只是她的作品，并不包括她对画画的激情和她绘画的才能。

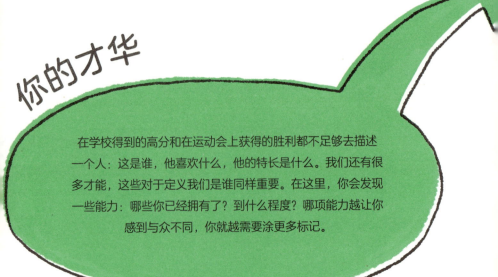

你的才华

在学校得到的高分和在运动会上获得的胜利都不足够去描述一个人：这是谁，他喜欢什么，他的特长是什么。我们还有很多才能，这些对于定义我们是谁同样重要。在这里，你会发现一些能力：哪些你已经拥有了？到什么程度？哪项能力越让你感到与众不同，你就越需要涂更多标记。

艾玛转身看到爸爸妈妈正在骄傲地向小奥的父母展示她的自画像；看到多拉老师跟评委聊着天，对自己的学生感到十分骄傲。在最里面，大卫的弟弟眯着眼对他说："其实，我更喜欢比阿特丽斯的自画像。"

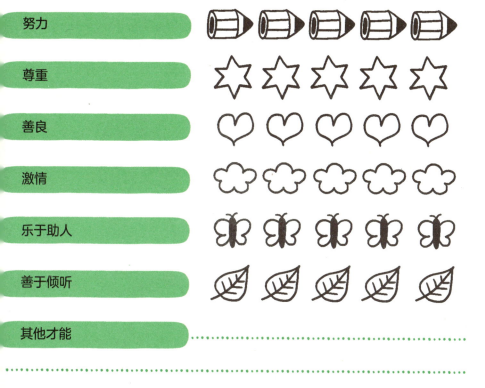

努力

尊重

善良

激情

乐于助人

善于倾听

其他才能

最后她看了看自己的自画像：在那个画作里，艾玛表情严肃，正如过去几个月里的她。这幅画展示出了她的紧张情绪和对自己的不信任，但她不想再有这种感受。因为当你做你喜欢的事儿的时候，你应该感觉很舒服。而这，就是属于艾玛的胜利。

你喜欢读这个故事，
和这本书一起玩儿吗？

选一张小脸！

在这里写下
你学到的知识，
还有留给你印象最深的内容！

内 容 提 要

《艾玛和小奥的情商故事》共4册，各册为《找回自信》《赶走焦虑》《战胜偏见》《团队合作》，通过艾玛和小奥的故事，让孩子了解什么是自信，如何面对偏见和焦虑，怎样让团队合作更有创造力。

图书在版编目（CIP）数据

艾玛和小奥的情商故事. 找回自信 / （意）斯特法妮娅·安德烈奥利著 ；（意）伊拉里亚·法乔利，（意）伊曼纽尔·吉波尼绘 ；周洋译. -- 北京 ： 中国水利水电出版社，2022.1
　　ISBN 978-7-5226-0321-6

Ⅰ．①艾… Ⅱ．①斯… ②伊… ③伊… ④周… Ⅲ．①儿童故事－图画故事－意大利－现代 Ⅳ．①I546.85

中国版本图书馆CIP数据核字(2021)第263758号

IMPARIAMO A SBAGLIARE! Emma e Dario trovano la fiducia in se stessi
© 2020 Mondadori Libri S.p.A., Milano under the imprint of Fabbri Editori
Text by Stefania Andreoli
Illustrations by Due mani non bastano - Ilaria Faccioli e Emanuele Gipponi
Collaboration on the texts with Antonella Antonelli
The simplified Chinese translation rights arranged through Rightol Media (本书中文简体版权经由锐拓传媒旗下小锐取得 Email: copyright@rightol.com)

北京市版权局著作权合同登记号：图字 01-2021-6281

书　　　名	艾玛和小奥的情商故事（全4册） AIMA HE XIAO AO DE QINGSHANG GUSHI (QUAN SI CE)
作　　　者	[意] 斯特法妮娅·安德烈奥利 著　　周洋 译
绘　　　者	[意] 伊拉里亚·法乔利　[意] 伊曼纽尔·吉波尼 绘
出版发行	中国水利水电出版社 （北京市海淀区玉渊潭南路1号D座　100038） 网址：www.waterpub.com.cn E-mail：sales@waterpub.com.cn 电话：（010）68367658（营销中心）
经　　　售	北京科水图书销售中心（零售） 电话：（010）88383994、63202643、68545874 全国各地新华书店和相关出版物销售网点
排　　　版	北京水利万物传媒有限公司
印　　　刷	河北文扬印刷有限公司
规　　　格	146mm×210mm　32开本　8印张（总）　160千字（总）
版　　　次	2022年1月第1版　2022年1月第1次印刷
定　　　价	159.00元（全4册）